Friedrich Dürrenma[illegible] ns comme l'auteur de *La Visite de la vieille dame,* cette pièce qui lui valut la célébrité en 1956 et qui fit le tour du monde. Une « vieille dame », devenue milliardaire, revient dans son village natal pour y faire justice. Elle offre sa fortune contre la vie d'un homme, celui qui l'a abandonnée quand elle avait 18 ans. Les villageois cèdent à la tentation de la richesse et assistent, avec leur « bienfaitrice », à l'assassinat public de leur compatriote.

Pourtant Dürrenmatt n'est pas seulement dramaturge, il est aussi essayiste, romancier, critique théâtral, poète et même peintre à ses heures.

Ouvrir un roman de Dürrenmatt, c'est être happé par l'intrigue, assujetti à un suspense à la fois serré et maintenu à distance par un humour pernicieux, une ironie dévastatrice. Conteur à la fois paisible et inattendu, l'écrivain suisse ouvre son enquête d'une manière anodine. Les rôles sont distribués. Le lecteur est entraîné dans un labyrinthe qu'il ne peut parcourir sans vertige, sans un curieux sentiment de malaise. Le voilà pris dans le réseau dense des significations, confronté aux questions énigmatiques du Bien et du Mal, de l'innocence et de la culpabilité. Dieu et Diable sont-ils confondus ? Qui est le bourreau ? Qui est la victime ? Sont-ils même interchangeables ?

Chez Dürrenmatt, le roman policier est d'abord philosophique. Le commissaire et l'assassin n'entretiennent-ils pas une sorte de défi, de duel à mort — un affrontement qui s'organise comme une partie d'échecs ? Dans ce face à face, deux joueurs sont de force égale, comme dans *Le Soupçon,* paru en 1953 ou dans *Le Juge et le Bourreau,* le premier roman de Dürrenmatt, écrit en 1952. Que se passe-t-il ? Eh bien, deux hommes ont fait le pari de se mesurer; l'un commet le meurtre, l'autre doit le démasquer. Seule une règle du jeu arbitraire a fait de l'un un assassin, de l'autre un justicier.

Dürrenmatt aime « jouer » avec les métaphores, les allégories, les paraboles. Le monde, comme le roman policier, n'est-il pas un jeu interminable qui n'aurait, au bout du compte, ni vainqueur, ni vaincu ?

Dans *La Panne,* le premier roman de Dürrenmatt paru en France en 1958, le jeu de la culpabilité est poussée à son comble. Un représentant de commerce, jeune et dynamique, tombe en panne dans un village. Comme l'auberge est complète, il trouve l'hospitalité chez un juge retraité qui le convie au dîner qu'il partage chaque soir avec ses amis. Les vieillards, anciens hommes de loi, nostalgiques de leurs fonctions, s'amusent à revivre des procès. Cette fois, le voyageur tiendra le rôle d'accusé. Le repas est exquis, raffiné, arrosé des meilleurs crus (on trouve souvent dans les récits de Dürrenmatt des références à l'art culinaire). Le voyageur, qui au départ n'avait rien à se reprocher, sent s'éveiller en lui un sentiment de culpabilité. Oui, il a séduit l'épouse de son patron. Oui, il s'est arrangé pour qu'il le sache. Oui, il savait que ce

(Suite au verso.)

dernier souffrait d'une maladie cardiaque. Oui, il espérait prendre sa place...
Dürrenmatt est, avec son ami Max Frisch, le plus connu des écrivains suisses d'expression allemande. Il est né à Konolfingen, dans le comté de Berne, le 5 janvier 1921. De ce bourg de l'Emmenthal, il se souvient comme d'un « entassement de bâtisses de style petit-bourgeois », dominé par la grande cheminée d'une fabrique de lait en poudre. Son père est pasteur et partisan forcené de la tempérance, sa mère vit dans les mythes bibliques et les éternelles « prières exaucées », son grand-père est un étrange politicien-poète.
Elevé dans cette atmosphère de religiosité et de foi triomphante, le jeune Fritz vit sa jeunesse « comme une maladie », aux prises avec les sentiments d'humiliation et de culpabilité. Plus tard, la « prison pour enfants que nous nommons école » le rebute. Il est mauvais élève. Seuls le dessin et la rédaction lui donnent quelques plaisirs. Sa première émotion artistique, il l'éprouve à 9 ans, au contact d'un peintre qui est venu s'installer au village, et qui lui apprend à dessiner. Adolescent, il passe des nuits à boire de la bière et du schnaps. Il n'arrive pas à sortir de cet univers de ténèbres. Il vit ce qu'il appellera plus tard dans *La Mise en œuvres* « une rébellion totale et sans issue ».
S'installer à Berne avec sa famille est une nouvelle source de déséquilibre. Il fréquente néanmoins l'université et étudie la philosophie, la littérature et les sciences naturelles. Mais au lieu de la thèse qui aurait dû couronner ses études, voici que paraît sa première pièce de théâtre, *Les Fous de Dieu* (1946). Puis il collabore aux activités d'un cabaret satirico-politique, « Le Cornichon », où sont joués ses sketches. Il continue d'écrire pour le théâtre. *Romulus le Grand, Monsieur Mississippi, Les Physiciens, Frank V, Play Strindberg* comptent parmi ses œuvres notoires.
Dürrenmatt se dit aujourd'hui « athéiste chrétien ». Toujours ce goût du paradoxe ! Il se méfie des idéologies comme des religions (mais son fils est pasteur), de la société suisse, de son père, de l'univers, de son ombre. De sa voix calme et monocorde, il affirme tranquillement que « l'ennemi de l'homme, c'est son ombre ». Des solutions ? Il en cherche plutôt du côté de la philosophie. « Je reviens toujours à mes auteurs préférés : Platon, Aristote, Descartes, Spinoza, Kant, Kierkegaard. On s'amuse autant que dans un roman et on apprend plus ». Platon, dit encore Dürrenmatt, n'est-il pas « l'un des meilleurs narrateurs de tous les temps, un modèle pour les romanciers » ?
Aujourd'hui retiré dans sa villa-châlet, à Pertuis-du-Sault, d'où il surplombe le lac de Neuchâtel, tantôt près de ses chevalets, tantôt au rez-de-chaussée dans son bureau, à proximité de sa bibliothèque, dans la compagnie de ses philosophes, Dürrenmatt offre le spectacle d'un homme qui a beaucoup réfléchi sur le monde et qui mène son combat avec une allégresse teintée d'humour et de mélancolie.

Nicole Chardaire

FRIEDRICH DÜRRENMATT

La Panne

(DIE PANNE)

Une histoire encore possible

TRADUIT DE L'ALLEMAND PAR
ARMEL GUERNE

ALBIN MICHEL

Édition originale de langue allemande :
« DIE ARCHE », ZURICH.

Paru dans Le Livre de Poche :

LA VISITE DE LA VIEILLE DAME

© Éditions Albin Michel, 1958.

Première partie

DES histoires possibles y en a-t-il encore, des histoires possibles pour un écrivain ? Car s'il renonce à parler de soi, à se raconter, à étaler son « moi »; s'il ne veut pas céder au romantisme et au lyrisme d'une généralisation de soi à laquelle il répugne; s'il se sent peu enclin à disserter authentiquement de ses propres espérances et de ses renoncements, de ses conquêtes et de ses échecs; si rien ne le pousse à exposer ses propres aventures et sa manière personnelle de coucher avec les femmes, comme si l'exactitude du tableau avait quelque chance de transposer la chose aux dimensions universelles, alors qu'elle semble plutôt devoir la faire verser au dossier d'une enquête médicale ou psychologique; bref, s'il préfère vivre sa vie privée et se garder, avec courtoisie, de toute indiscrétion à son sujet; s'il prétend vouloir travailler à la manière du sculpteur qui pose devant soi le sujet et l'objet, qui œuvre sur sa « matière » et se comporte en « classique », sans avoir à désespérer aussitôt de l'inanité de son effort : oui, dans ce cas-là, écrire devient une chose de plus en plus difficile, de moins en moins justifiable, de moins en moins légitime, de plus en plus absurde. Activité insolite, sans raison d'être. Décrocher un bon point, obtenir une bonne note au palmarès de l'Histoire littéraire — quel intérêt ? Quel est l'homme qui n'a pas obtenu, ici ou là, une bonne note ? Et quelles sont les besognes bâclées qui n'ont pas, ici ou là, connu la récompense d'un prix et la couronne d'une distinction ?

On sait être autrement plus exigeant de nos jours ! Mais là encore, c'est se retrouver devant un dilemme, et les conditions du marché ne sont guère favorables : ce que réclame la vie moderne, c'est de la distraction. Cinéma, le soir; et poésie à la page littéraire du journal. Au-dessus, c'est-à-dire à partir de cent francs pour parler socialement, on veut avoir « de l'âme », des aveux circonstanciés, la vérité même ! A ce prix-là, ce sont des produits supérieurs que le public entend acquérir : des œuvres morales, des valeurs utiles et dûment utilisables, des formules efficaces, des pensées « valables » qui affirment ou dénoncent quelque chose, qui plaident ou qui condamnent quelque chose — de la haute littérature, en tout cas ! — qu'il s'agisse du christianisme ou du doute, de l'espérance ou du désespoir. Mais l'auteur qui se refuse à donner dans ces productions-là : l'auteur qui s'en écarte toujours plus nettement, toujours plus résolument parce que son besoin d'écrire, justement, il le sent au fond de soi, né dans le jeu de sa conscience et de son inconscient, produit par un balancement intime entre le scepticisme et la foi, issu précisément de tous ces dosages secrets et personnels qui ne regardent absolument pas le public, comme il ne cesse d'en avoir la conviction sans cesse plus assurée ? L'auteur qui reste persuadé que son art suffit et se suffit quand il crée, modèle, donne des formes et du relief, du réel aux apparences ? Que l'écrivain ne puisse s'en prendre qu'à la surface de toutes choses; que son rôle soit de l'éclairer, de la faire voir, cette surface, et rien de plus ! Et que, pour le reste, il convient de se taire... L'auteur, l'artiste, l'écrivain persuadé et convaincu qu'écrire, c'est cela et seulement cela, que devient-il ?

Une fois qu'il se sera fait à cette conviction profonde, dès que son expérience l'aura amené à ce point : il se trouve arrêté net. Perplexe, il aura des questions à se poser, qui le pousseront peu à peu à conclure que décidément il ne reste plus rien à écrire : qu'il n'y a plus à raconter rien du tout. Le monde ne lui offre plus rien sur quoi il puisse exercer son art d'écrivain; et le voilà qui songe sérieusement à tout planter là.

Certes, il reste peut-être bien quelques petites phrases à écrire, mais encore faut-il aussi se jeter dans la biologie, se plonger dans une humanité « explosée », si l'on veut essayer de s'adresser, par-delà les infatigables matrices, par-delà les ventres inépuisables des mères constamment en travail, aux millions de millions d'êtres humains dans l'avenir; ou alors il faudra se plonger dans la physique et se perdre dans l'astronomie, pour peu qu'on cherche à se rendre compte, par besoin d'équilibre et par goût d'harmonie, des structures dont nous dépendons, au sein desquelles nous nous balançons. Pour le reste, tout le reste, cela regarde exclusivement la grande presse hebdomadaire illustrée. Va pour *Match* et pour *Life,* pour *Quick* et pour *Elle* : M. le Président sous la tente à oxygène; l'oncle Boulganine dans son jardin; la princesse et son héros des airs; les vedettes de l'écran ou les rois du dollar : figures interchangeables de l'actualité, périmées déjà dans le moment qu'on parle d'elles.

Hormis cela et ceux-là, c'est la vie quotidienne de tout un chacun. Localisée en Europe occidentale pour ce qui est de moi : en Suisse, si l'on tient aux précisions. Les affaires, bonnes ou mauvaises; le beau temps ou la crise; soucis et tracas, émois et chocs, heurs et malheurs au sein de la vie privée : rien qui se rapporte à l'universel, au cosmique, aux cycles de l'être et du non-être, à l'appel du destin. Rien qui touche, de façon ou d'autre, à l'essentiel. La scène où tout se joue, le Destin l'a quittée pour se glisser en coulisse, désormais étranger au drame; et sous les feux de la rampe, il n'y a plus que des accidents, des crises du hasard, des maladies. Jusqu'à la guerre elle-même, qui dépendra des savants calculs de cerveaux électroniques computant et établissant par avance sa rentabilité; — impossible, on le sait, pour autant que les machines à dénombrer fonctionnent correctement : il n'y a positivement que la défaite qui soit mathématique. Mais gare aux erreurs provoquées dans les cerveaux artificiels ! Gare aux sabotages éventuels, aux falsifications possibles, aux influences interdites ! Ce qui n'est rien encore, à côté de la possibilité toujours menaçante du dérèglement d'un petit ressort distendu, d'une bobine déboîtée, d'un mauvais contact : un méchant réflexe mécanique, et c'est la fin du monde techniquement court-circuité; sur une erreur de branchement.

Nous ne vivons plus sous la crainte d'un Dieu, d'une Justice immanente, d'un Fatum, comme dans la Cinquième Symphonie; non ! plus rien de tout cela ne nous menace. Pour nous, ce sont les accidents de circulation, les barrages rompus par suite d'une imperfection technique, l'explosion d'une usine atomique où tel garçon de laboratoire peut avoir eu un instant de distraction; voire le fonctionnement défectueux du rhéostat des couveuses artificielles.

C'est dans ce monde hanté seulement par la panne, dans un monde où il ne peut plus rien arriver sinon des pannes, que nous nous avançons désormais, avec des panneaux-réclame tout au long de ses routes : « Chaussures Bally » — « Studebaker » — « Ice-cream », et les petits monuments de pierre dressés, ici ou là, à la mémoire des accidentés. Et dans ce monde, il ne reste plus guère que quelques rares histoires encore possibles, où perce encore timidement un semblant de réalité humaine à travers l'anonyme visage de quelqu'un, parce que parfois encore la malchance, sans le vouloir, va déboucher dans l'universel, une justice et sa sanction se manifestent, et peut-être la grâce aussi, qui sait ? dans le reflet que jette, tout accidentellement, le monocle d'un vieil homme soûl.

Deuxième partie

RIEN de bien grave assurément, mais une panne tout de même; c'est ainsi que cela commença. Alfredo Traps, au volant de sa Studebaker, roulait sur une grande route nationale et n'était plus guère qu'à une heure de chez lui (il habitait une ville assez importante) quand sa mécanique s'immobilisa. La voiture rutilante ne marchait plus, et voilà tout. Sa course était venue mourir au pied d'un petit coteau que gravissait la route, avec des cumulus vers le nord et le soleil encore haut dans le ciel de l'après-midi. Alfredo Traps : quarante-cinq ans et pas encore de ventre, l'allure sympathique et de bonnes manières, bien qu'un petit rien d'application permît de deviner au-dessous un quelque chose de plus fruste, de plus commis voyageur; ce contemporain

avait ses affaires dans l'industrie textile.
D'abord, il fuma une cigarette; puis s'occupa d'un dépanneur. Le garagiste qui vint finalement prendre la Studebaker en remorque affirmait que la réparation ne pourrait pas être faite avant le lendemain, dans la matinée : une panne dans le réseau d'alimentation. Soit ! Impossible de savoir si c'était vrai; déraisonnable même d'essayer seulement de le découvrir : nous sommes entre les mains du garagiste comme autrefois on tombait au pouvoir du chevalier de fortune qui exigeait rançon; ou plutôt, nous dépendons de lui comme on a pu dépendre des dieux lares et des démons familiers. Avec une demi-heure de marche jusqu'à la gare la plus proche et un voyage quelque peu compliqué, quoique bref, s'il voulait rentrer à la maison et retrouver sa femme et les quatre enfants — quatre garçons — Traps renonça par nonchalance et décida de passer la nuit sur place. On approchait des six heures du soir; il faisait beau et chaud. Le jour le plus long de l'année n'était pas loin. Le village, à l'entrée duquel s'ouvrait le garage, avait un air sympathique avec sa butte et son église, le presbytère et le vieux, le très vieux chêne cerclé de fer et solidement sou-

tenu, tout cela bien propre, bien net, jusqu'aux fumiers devant les portes paysannes qui étaient soigneusement dressés à l'équerre, et les dernières maisons qui allaient pittoresquement se perdre ou se nicher à la lisière des bois, sur le coteau. On y trouvait en outre une petite fabrique, quelques salles de café qu'on appelle des pintes, et une ou deux bonnes auberges : l'une, surtout, dont il souvenait à Traps d'avoir entendu dire le plus grand bien. Malheureusement, ils n'avaient plus une seule chambre de libre, plus un seul lit : tout avait été retenu pour un congrès local de petits éleveurs; mais le Monsieur pourrait peut-être trouver à se loger dans cette villa, là-bas, où l'on acceptait de temps à autre de recevoir des hôtes. Qu'il aille seulement demander.

Traps se sentait hésitant. Il lui était toujours possible de rentrer chez lui par le train; mais d'autre part, la perspective d'une petite aventure n'était pas faite pour lui déplaire, et il savait par expérience (comme l'autre jour encore dans ce petit bourg de Grossbiestringen, par exemple) qu'on peut trouver parfois des filles à son goût dans ces bourgades écartées. Bref, il dirigea ses pas vers la maison qu'on lui avait indiquée. Il entendit sonner la cloche de l'église, croisa un troupeau de vaches trottinantes qui lui adressèrent leurs meuglements. La villa, avec son unique étage, était entourée d'un vaste jardin dont les bosquets verdoyants, hêtres et pins, cachaient à demi le toit plat, la façade d'une blancheur éblouissante et les volets verts. Plus près de la route, c'étaient des fleurs, des buissons de roses surtout, parmi lesquels s'activait un vieil homme revêtu d'un long tablier de cuir. Peut-être le maître de céans ? Traps s'avance, présente sa requête.

« Votre profession ? » voulut savoir le vieillard en s'approchant de la claire-voie. Il fumait un Brissago et sa tête arrivait à peine à la hauteur du double portillon du jardin.

« Je suis dans les affaires : le textile. »

Le vieil homme, regardant par-dessus ses petites lunettes non cerclées, comme ont coutume de le faire les presbytes, prolongea son examen attentif de Traps, lui disant :

« Mais bien sûr, vous pouvez bien dormir ici ! »

Traps s'inquiéta du prix; mais le vieil homme protesta qu'il n'était pas dans ses habitudes de se faire payer pour cela : il vivait seul, expliqua-t-il, ayant son fils aux Etats-Unis, et comme il avait une gouvernante pour s'occuper de tout, Mlle Simone, c'était pour lui un plaisir que de recevoir de temps à autre un invité.

Le voyageur remercia, touché par cette franche et cordiale hospitalité, en ajoutant que les bons vieux usages n'étaient décidément pas morts à la campagne. Sur ces mots, le portail du jardin fut ouvert et Traps s'avança, jetant un coup d'œil sur les lieux. Pelouses, allées de gravier; beaucoup d'ombre entrecoupée, ici et là, de zones ensoleillées. Le vieux monsieur expliqua qu'il attendait quelques invités ce soir (il s'était remis à tailler ses rosiers à gestes menus); c'étaient des amis, oui, des retraités comme lui qui habitaient l'immédiat voisinage : le village même ou les propriétés là-bas, à flanc de coteau. Ils s'étaient installés dans le pays à cause de la douceur de son climat et parce qu'on n'y souffrait pas du foehn, ce pénible vent chaud du sud-est. Veufs et solitaires comme lui, ils aimaient la nouveauté, l'imprévu, la fraîcheur de la vie; et il était bien sûr de leur faire plaisir en invitant M. Traps au dîner et à la soirée qu'ils passeraient ensemble.

L'invité se trouva pris de court. En réalité, il avait compté dîner au village, alléché qu'il était par la renommée de l'auberge fameuse. Mais comment refuser cette invitation, alors même qu'il venait d'accepter l'hospitalité généreuse pour la nuit ? Cela ne pouvait pas se faire ! C'eût été d'une incorrection et d'une muflerie qui eût par trop senti la morgue inexcusable du citadin ! Et Traps prit le parti d'accepter en se déclarant ravi.

La chambre du premier où l'introduisit son hôte était une pièce sympathique et agréable : de vieilles reliures dans la bibliothèque, un tableau de Holder au mur, un fauteuil confortable, une table, le lit spacieux, l'eau courante. Après avoir débouclé son nécessaire de toilette, Traps se rafraîchit, se rasa, se vaporisa un nuage d'eau de Cologne, puis alluma une cigarette en allant se planter devant la fenêtre.

Le vaste globe du soleil s'enfonçait derrière les hauteurs en faisant flamboyer les hêtres. La pensée de Traps revint rapidement sur les affaires de la journée : cette commande de la Société Rotacher, pas mal, pas mal du tout; et ce Wildholz qui faisait des difficultés et voulait 5 p. 100 de remise : « Attends un peu, mon gaillard, tu vas te faire serrer la vis un de ces jours ! » Puis ce furent de vagues souvenirs qui défilèrent en désordre, des choses sans importance, du quotidien : la possibilité d'un adultère à l'Hôtel-Touring; savoir s'il allait ou non acheter un train électrique à son cadet (celui qu'il aimait le plus); l'idée qu'il devrait bien téléphoner à sa femme pour l'avertir de son retard involontaire; la plus simple des politesses; une obligation. Pourtant il s'en détourna. Comme tant de fois déjà. Elle avait l'habitude; et de toute façon elle ne le croirait pas.

Avec un bâillement, Traps s'offrit une nouvelle cigarette. Sur l'allée de gravier, il vit s'avancer deux vieux messieurs bras dessus, bras dessous, suivis par un troisième personnage, gros et chauve. Congratulations, poignées de main, propos sur les roses. Traps quitte la fenêtre et va inspecter la bibliothèque. A en juger par les titres, la soirée promettait d'être fameusement ennuyeuse : Hotzendorff, *Le Meurtre et la peine de mort*; Savigny, *Système actuel du Droit romain*; Ernst-David Hölle, *Pratique de l'Interrogatoire*. Aucun doute là-dessus : le maître de maison était un juriste, peut-être même un ancien maître du barreau. Il n'y avait plus qu'à s'attendre à des discussions sans fin et parfaitement oiseuses, car les lettrés de cette sorte, que savent-ils donc de la vie réelle ? Rien, absolument rien du tout ! Les lois sont faites comme cela. Et puis on en viendra sans doute aussi à parler d'art et de ce genre de choses : une conversation où il risquait fort de se sentir ridicule. Mais quoi ! s'il n'avait pas toujours été dans les affaires et toujours à se battre, lui aussi se serait tenu au courant, aurait pu se familiariser avec les choses les plus hautes !

Ce fut donc sans le moindre plaisir qu'il descendit. Les autres s'étaient installés sur la véranda ouverte, toute éclairée encore par les derniers rayons du soleil, tandis que la gouvernante, une femme plantureuse, dressait la table à côté, dans la salle à manger. Mais en voyant la compagnie qui l'attendait, il eut comme un sursaut intérieur et marqua un temps d'hésitation. Ce ne fut pas sans soulagement qu'il vit venir à lui le maître de maison, maintenant habillé avec une évidente prétention d'élégance, quoique sa redingote fût manifestement trop ample et que ses rares cheveux eussent été plaqués à coups de brosse et collés sur son crâne. Le petit discours de bienvenue qui l'accueillit lui permit de cacher son embarras. Il répondit confusément que tout le plaisir était pour lui, s'inclina cérémonieusement, avec une froideur calculée et distante. Il faisait son mondain et jouait le gros brasseur d'affaires dans l'industrie textile, non sans songer avec dépit qu'il s'était arrêté dans ce village uniquement avec l'espoir d'y trouver quelque fille à son goût. Plus d'aventure; c'était raté. Et le voilà qui se trouvait en tête-à-tête avec trois autres vieux, qui ne le cédaient en rien au vieux drôle, leur hôte. Ils avaient l'air de corbeaux sinistres dans ce salon d'été avec ses fauteuils de rotin et ses rideaux légers : d'énormes vieux corbeaux très poussiéreux et déplumés, même si leurs redingotes sortaient incontestablement de chez le bon faiseur, comme Traps, qui s'y connaissait en tissus, avait eu la surprise et le loisir de le constater, maintenant que se faisaient les présentations. A côté du dénommé Pilet, soixante-dix-sept ans, dont la mise était plus que soignée, avec un œillet blanc passé à la boutonnière, et qui n'arrêtait pas de se lisser une moustache d'un noir aussi intense qu'artificiel, assis avec une digne raideur sur un siège dur et inconfortable (les chaises et fauteuils tentants ne manquaient pourtant pas autour de lui !); oui, à côté de ce personnage — un retraité sans doute, et qui pouvait avoir été bedeau ou ramoneur, voire chauffeur de locomotive avant que la chance lui eût apporté quelque fortune —, les deux autres ne semblaient que plus relâchés et avachis dans leur tenue.

Le premier (« Je vous présente M. Kummer, âgé de quatre-vingt-deux ans. ») était plus gros encore que Pilet : une masse énorme de boudins et de bourrelets de graisse superposés, un être informe qui s'était écrasé dans un fauteuil à bascule avec sa trogne rouge de gros buveur, son nez violacé d'ivrogne et de petits yeux malins, à fleur de tête, qui riaient derrière un binocle d'or. Etait-ce par négligence ou par pure distraction ? Le fait est, en tout cas, qu'il portait une chemise de nuit, sur laquelle il avait enfilé son costume noir dont les poches étaient bourrées à craquer de journaux et de papiers divers. Quant au second personnage, un grand sec (« M. Zorn, quatre-vingt-six ans. »), il avait le visage couturé de cicatrices et portait monocle sur l'œil gauche; son long nez osseux était fortement busqué, sa bouche relâchée, et ses cheveux d'un blanc neigeux lui faisaient une crinière de lion. Mais cette figure d'un autre temps, cet être qui appartenait par tous ses pores à un autre âge, avait aussi le gilet boutonné de travers et portait deux chaussettes différentes.

« Campari ? offrit le maître de maison.

— Avec plaisir, merci ! fit Traps en prenant place dans un fauteuil, sous le regard intéressé du grand vieillard maigre qui le scrutait à travers son monocle.

— Monsieur Traps va sans doute participer à notre petit jeu ?

— Mais bien volontiers. Les jeux m'amusent toujours. »

Les vieux messieurs sourirent avec de petits mouvements de tête.

« C'est que notre jeu est peut-être un peu singulier, intervint le maître du logis avec une telle circonspection, qu'il semblait hésiter à s'expliquer. Nous passons notre soirée — comment dire ? — à jouer, oui c'est cela, à professer par jeu nos fonctions d'autrefois. »

Nouveau sourire des vieux messieurs, comme pour s'excuser avec politesse et discrétion.

Traps n'y comprenait rien. Que fallait-il entendre par là ?

« Eh bien, voilà ! précisa le maître de

céans. J'étais moi-même juge, autrefois; M. Zorn était procureur et M. Kummer avocat. Notre jeu fait donc entrer le tribunal en session. »

« Ah ! bon, c'est donc cela », se dit Traps. Il trouvait que l'idée, somme toute, n'était pas si mauvaise. Peut-être même que ce ne serait pas une soirée perdue, en fin de compte !

Le vieux maître de maison enveloppa son invité d'un regard quelque peu solennel. Puis il se mit à lui expliquer de sa voix menue, qu'en général, ils reprenaient les affaires célèbres de l'Histoire : le procès de Socrate, celui de Jésus, le procès de Jeanne d'Arc, celui de Dreyfus, et plus près de nous l'affaire de l'incendie du Reichstag. Ils avaient même, une fois, reconnu Frédéric le Grand comme irresponsable.

« Mais vous jouez donc tous les soirs ? » s'étonna le voyageur.

Le juge acquiesça d'un petit signe de tête et l'assura bien vite que le plus intéressant, naturellement, c'était de jouer sur des cas inédits et des sujets vivants; les situations auxquelles on pouvait aboutir présentaient parfois un relief passionnant. Pas plus tard qu'avant-hier, par exemple, un parlementaire qui avait manqué le dernier train après une réunion électorale au village, avait été condamné à quatorze ans de travaux forcés pour ses exactions et corruptions.

« Le tribunal est impitoyable ! constata Traps avec amusement.

— Question d'honneur ! » répliquèrent les vieillards en rayonnant.

Oui, mais quel rôle pourrait-il bien jouer ?

Nouveaux sourires, presque des rires cette fois. Et le maître de maison s'empressa : ils avaient déjà le juge, le procureur et l'avocat de la défense, rôles qui exigeaient au surplus une réelle compétence en la matière, une parfaite connaissance des règles du jeu; mais le rôle d'accusé restait à pourvoir. M. Traps, toutefois — il tenait à y revenir avec insistance — n'était en aucune manière obligé de prendre part au jeu !

Diverti et rasséréné au projet des vieux messieurs, leur invité se dit qu'au lieu de la soirée assommante et compassée à laquelle il s'était attendu, ce serait finalement peut-être une soirée très amusante. Les discussions intellectuelles et les spéculations de l'esprit n'attiraient guère cet homme simple, adroit certes et capable de ruse dans le domaine des affaires, mais peu enclin par nature aux efforts de la réflexion. Ses goûts le portaient plutôt aux plaisirs de la table et à la grosse plaisanterie. Aussi déclara-t-il qu'il entrait volontiers dans le jeu et qu'il se faisait un honneur d'accepter le poste vacant d'accusé.

« Bravo ! Voilà qui est parler en homme, croassa le procureur en battant des mains; voilà ce que j'appelle du courage ! »

Curieux et intrigué, Traps s'enquit du crime dont il aurait à répondre.

« Aucune importance ! lui répondit le procureur tout en essuyant son monocle. Vraiment, c'est la moindre des choses : un crime, on en a toujours un ! »

Et ce fut un rire général.

L'énorme M. Kummer se leva, parlant d'un ton quasi paternel :

« Venez donc, monsieur Traps, nous avons là un vieux porto fameux : il faut que vous goûtiez cela ! »

Traps le suivit dans la salle à manger, où la grande table ronde était fastueusement dressée maintenant pour le festin. Chaises anciennes à haut dossier; tableaux enfumés au mur. Du cossu à la mode d'autrefois. On entendait le murmure de la conversation des vieillards sur la véranda, et la fenêtre ouverte sur le flamboiement vespéral laissait entrer le pépiement des oiseaux. Des bouteilles s'alignaient sur une petite table; il y en avait d'autres sur la cheminée, avec les grands bordeaux couchés dans leur panier verseur. L'avocat, d'une main qui tremblait un peu, inclina cérémonieusement un vieux flacon de porto et emplit avec précaution deux verres fins à ras bord; puis il trinqua délicatement avec Traps, faisant à peine tinter le cristal.

« Excellent ! fit Traps après une dégustation attentive, en connaisseur.

— Monsieur Traps, je suis votre défenseur, observa M. Kummer. A notre bonne entente, donc, et à notre bonne amitié !

— A notre bonne amitié ! »

Approchant alors contre lui sa trogne rubiconde et son gros nez violet surmonté du pince-nez, si près que la masse énorme de son ventre flasque s'appuyait désagréablement contre son corps :

« Le mieux, voyez-vous, se prit à dire l'avocat sur le ton du conseil, le mieux serait encore de m'avouer immédiatement votre crime. Car alors, je puis vous garantir que nous nous en sortirons au tribunal.

Encore qu'il n'y ait pas lieu de dramatiser les choses, il ne faut certes pas non plus les prendre trop à la légère et sous-estimer la situation. M. le procureur, ce grand sec, est toujours en possession de tous ses moyens : c'est donc un homme à craindre; quant à M. le juge, notre hôte, il a malheureusement toujours été porté à la sévérité, et non sans quelque pédanterie peut-être ! Mais avec l'âge (il va maintenant sur ses quatre-vingt-huit ans) son formalisme et sa rigueur n'ont fait que croître. Néanmoins, jusqu'ici, la défense a presque toujours réussi à sauver ses causes, à marquer des points en tout cas et à éviter le pire. Il ne m'est arrivé qu'une seule fois de n'aboutir à rien, par le fait, et de ne pouvoir absolument rien atténuer : il s'agissait d'un assassinat suivi de vol. Mais ici, n'est-il pas vrai, monsieur Traps ? — si j'ose me permettre : nous n'avons pas affaire à un meurtre crapuleux... Ou bien est-ce que je me trompe ? »

L'interpellé eut un rire pour répondre qu'à son grand regret, il n'avait commis aucun crime. Et là-dessus : « A votre bonne santé ! » jeta-t-il.

« N'hésitez pas à me le confier, insista l'avocat avec chaleur. Vous n'avez pas à avoir honte : je connais la vie, vous savez, et il n'y a plus rien pour m'étonner. Vous pouvez m'en croire, monsieur Traps ! Que de destins ont défilé devant moi ! Que d'abîmes se sont ouverts ! »

Traps se sentait désolé, vraiment, mais il n'y pouvait rien. En tant qu'accusé, il ne pouvait se targuer d'aucun crime. D'ailleurs (et il continuait de sourire) n'était-ce pas l'affaire du procureur, que de lui en trouver un ? Il l'avait affirmé lui-même. Donc il ne restait qu'à le prendre au mot. Jouer le jeu, c'était ce qu'il voulait faire ! Et il était fort avide de voir ce qu'il en sortirait. Au fait, lui ferait-on subir un interrogatoire en règle ?

« Mais je pense bien !

— Voilà qui me ravit. »

Le visage de l'avocat se fit grave.

« Vous sentez-vous réellement innocent, monsieur Traps ?

— Sans l'ombre d'un doute ! »

Il riait. Il trouvait ce dialogue extrêmement amusant.

Le défenseur avait retiré son pince-nez pour en nettoyer les verres. Et il dit :

« Il n'y a pas d'innocence qui tienne, mon jeune ami ! Et dites-vous bien : ce qui importe, ce qui décide de tout, c'est la tactique ! Ce n'est plus de l'imprudence, croyez-moi, c'est de l'impudence que de prétendre à l'innocence devant notre tribunal, si vous voulez bien me permettre d'exprimer la chose en termes mesurés. Il serait beaucoup plus adroit, tout au contraire, de s'avouer coupable et de choisir soi-même le chef d'accusation : la fraude, par exemple, si profitable aux hommes d'affaires ! Il reste alors toujours possible, au cours de l'interrogatoire, de faire ressortir que l'accusé s'était exagéré les choses : qu'il ne s'agissait nullement d'une fraude caractérisée, mais bien d'une innocente accommodation des faits, d'une manière de présenter les choses sous un certain jour, à des fins purement publicitaires, ainsi qu'il est couramment d'usage dans le monde des affaires. Sans doute, le chemin qui conduit de la culpabilité à l'innocence reconnue est-il un chemin ardu, mais aucunement impraticable; vouloir conserver une innocence intacte, par contre, est vraiment sans espoir et ne peut guère entraîner que des conséquences catastrophiques. Vous ne risquez plus que de perdre, là où vous aviez des chances de l'emporter; sans compter qu'en négligeant de choisir vous-même votre culpabilité, vous serez contraint de porter celle qu'on vous imposera ! »

Amusé et insouciant, Traps haussa les épaules : il en avait bien du chagrin, mais décidément il ne se connaissait aucune faute qui l'eût mis en contravention avec la loi.

En chaussant son pince-nez, le défenseur prit un temps de réflexion et déclara, songeur, qu'il irait sans nul doute de difficulté en difficulté, avec Traps, et que ce serait dur, très dur. Puis il conclut leur entretien en lui recommandant de faire désormais attention à chaque mot qu'il allait dire, de peser bien chaque parole et de ne surtout pas se laisser aller à bavarder à tort et à travers. « Sinon, vous allez vous retrouver soudain avec une lourde condamnation aux travaux forcés, sans qu'on n'y puisse rien ! »

Les autres avaient fait leur entrée dans la salle à manger et l'on prit place à table. Conversation enjouée et détendue; atmosphère sympathique. On passa différents hors-d'œuvre et petits plats : assiette anglaise, œufs à la russe, escargots, potage à la tortue. L'humeur des convives allait de pair avec leur plaisir : ils se servaient avec entrain, mangeaient goulûment et sans faire de façons. Puis le procureur attaqua :

« Voyons un peu ce que l'accusé va nous offrir ! J'espère, quant à moi, qu'il va s'agir d'un bon assassinat. Un beau meurtre, voilà qui est parfait ! »

L'avocat de la défense intervint aussitôt :

« Mon client se présente comme un accusé sans délit. Un cas unique en quelque sorte : l'exception judiciaire. Il soutient qu'il est innocent.

— Innocent ? »

Le procureur, dans son étonnement, n'avait pas pu en dire plus. Les balafres de son visage avaient rougi et le monocle, qui avait failli tomber dans son assiette, se balançait maintenant au bout de son cordonnet noir.

Le juge, un véritable pygmée à côté des autres, était resté le geste suspendu, alors qu'il rompait du pain dans son assiette, et avait redressé le buste, interloqué, pour poser un regard réprobateur sur Traps en hochant avec gravité la tête. L'autre convive également, le chauve taciturne avec son œillet blanc à la boutonnière, n'avait pu s'empêcher de lever des yeux étonnés, qu'il gardait fixés sur Traps, sans un mot. Ce silence, tout à coup, avait quelque chose d'angoissant. Plus le moindre tintement dans la pièce : cuillères et fourchettes s'étaient immobilisées; les bouches même ne mastiquaient plus, et l'on eût dit que plus personne ne respirait. Il n'y avait que Simone, dans le fond, qui étouffait un rire.

Enfin le procureur se ressaisit et déclara :

« C'est donc ce que nous allons voir ! L'impossible n'est pas possible et ce qui ne saurait exister n'existe pas.

— Allons-y ! lança Traps en riant. Je suis à votre entière disposition. »

Avec le poisson, le premier vin fut servi. Un neuchâtel léger et pétillant. Et, penché sur sa truite, le procureur enchaîna :

« Voyons un peu cela. Marié ?

— Depuis onze ans.

— Des enfants ?

— Quatre.

— Profession ?

— Dans l'industrie textile.

— Vous seriez donc représentant, cher monsieur Traps ?

— Non. Agent général.

— Très bien. Et vous avez été arrêté par une panne ?

— Oui, de façon tout à fait inattendue. C'est la première depuis un an.

— Ah ! Et auparavant ?

— Oh ! j'avais une vieille voiture : une Citroën, de 1939. Tandis que maintenant, je possède une Studebaker, modèle spécial, rouge-laque.

— Une Studebaker, tiens, tiens ! C'est fort intéressant. Et vous l'avez depuis peu ? Vous n'étiez donc pas agent général, à l'époque ?

— Non. Je voyageais en tant que simple représentant.

— Je vois, approuva le procureur. Les affaires marchent bien. »

L'avocat, à côté de Traps, se pencha vers lui pour lui chuchoter son conseil : « Attention à ce que vous dites ! Faites attention ! »

Mais celui que nous pouvons désormais appeler M. l'agent général, sans souci, s'occupait de mettre la dernière main à son steak à la tartare : un filet de citron, une tombée de cognac, le sel et du paprika (une petite recette personnelle). Il goûtait une réelle euphorie. Lui qui avait toujours pensé qu'il n'y avait rien au-dessus, pour un homme de son espèce, qu'une réunion du « Pays de Cocagne », un club vraiment amusant, voilà qu'il connaissait une soirée plus relevée encore et qui lui procurait un plaisir sans égal. Il le dit comme il le pensait.

« Ha, ha ! fit aussitôt le procureur, vous appartenez au Club du Pays de Cocagne. Quel est donc le surnom que vous y portez ?

— Casanova.

« Ha, ha ! fit aussitôt le procureur, en replaçant le monocle dans son orbite, comme s'il venait de découvrir quelque chose de très important. Nous sommes ravis de l'apprendre ! Et dites-moi, cher monsieur Traps, peut-on tirer de là les conclusions qui s'imposent et les appliquer sans inconvénient à votre vie privée ? »

Vivement, le défenseur se pencha vers son client pour lui conseiller une fois encore de se tenir sur ses gardes. Mais Traps l'entendit à peine.

« Oh ! si peu, mon cher monsieur, si peu !... Il m'arrive bien d'avoir quelques petites aventures extra-conjugales, mais seulement quand l'occasion s'en présente. Je n'y mets aucune ambition. »

Ce fut au tour du juge d'intervenir, tout en versant le neuchâtel à la ronde, pour demander à l'hôte s'il voulait bien avoir la bonté de s'ouvrir un peu en leur racontant la vie qu'il avait eue. En quelques mots, bien sûr, en quelques mots ! Mais comme le tribunal siégeait pour juger ce cher M. Traps, qui n'était sûrement pas un saint, et comme ils allaient peut-être le condamner à des années de boulet, il convenait que ce fût en pleine connaissance de cause. Rien de plus légitime donc, qu'ils voulussent en apprendre plus long sur sa vie privée et ses histoires intimes, sur ses aventures amoureuses en particulier, les plus scabreuses et les plus pimentées autant que possible !

« Oui, oui ! Racontez ! racontez ! » insistèrent avec ensemble les autres vieux messieurs. N'avaient-ils pas traité, un soir, à cette même table, un souteneur qui leur avait raconté des choses passionnantes et vraiment singulières sur son « métier » ? Un sujet particulièrement intéressant, qui d'ailleurs s'en était tiré, malgré tout, avec seulement quatre ans de travaux forcés !

« Là, là ! Que voulez-vous que je vous raconte ? protesta Traps en riant. Ma vie n'a rien que de très ordinaire, messieurs : une existence comme celle de tout le monde, je me vois obligé de le reconnaître. A la vôtre, et rubis sur l'ongle, comme on dit ! »

Verres levés, ils trinquèrent; et M. l'agent général considéra avec attendrissement, l'un après l'autre, les regards des quatre vieillards qui fixaient sur lui leurs yeux d'oiseau, comme s'il eût été une proie particulièrement excellente. Puis les verres touchèrent les lèvres et furent vidés d'un coup.

Dehors, le soleil avait finalement disparu, et avec lui avait cessé le tapage infernal des oiseaux; mais le paysage baignait encore dans une belle clarté. Ici les jardins et là-bas les champs, les maisons avec leurs toits rouges serrés parmi les arbres, le moutonnement des collines boisées et tout au loin, la ligne montagneuse avec quelques glaciers : tout reposait dans un calme silencieux et bucolique qui semblait évoquer la bénédiction divine, respirer l'harmonie cosmique, comme dans une promesse grandiose de félicité.

Sa jeunesse avait été dure, disait Traps, tandis que Simone changeait les assiettes et venait déposer sur la table une énorme terrine fumante : des champignons à la crème. Son père était un prolétaire, un ouvrier d'usine adonné aux idéologies de Marx et d'Engels, un révolté amer et triste, qui ne s'était jamais occupé ni soucié de son unique enfant. Sa mère, blanchisseuse à la tâche, s'était fanée très tôt.

Il en était à l'école primaire, tandis que dans les verres scintillait un « Réserve des Maréchaux » de la bonne année.

« Je n'ai eu droit qu'à l'école primaire. A l'école primaire seulement ! disait Traps, les yeux humides, en s'apitoyant confusément sur son misérable sort passé, pris entre la rancœur et l'émotion.

— Significatif, vraiment significatif ! coupa le procureur. Pas plus loin que l'école primaire ? On peut dire, mon très cher, que vous vous êtes élevé à la force du poignet, vous, au moins !

— C'est bien ce que je voulais dire, plastronna Traps, que le vin des Maréchaux avait échauffé, ému aussi jusqu'au fond du cœur par la douce amitié de cette réunion et la sérénité mystique du paysage déployé devant les fenêtres. Et comment ! Il y a dix ans à peine, je n'étais guère encore qu'un simple démarcheur faisant du porte-à-porte avec sa petite mallette ! Un fichu travail, je vous prie de le croire, et bougrement dur : toute la journée à piétinailler, presque sur la pointe des pieds, et les nuits qu'on passe à la belle étoile ou dans des auberges louches, sordides ! Ah ! oui, je peux bien le dire : je suis vraiment parti du plus bas, dans ma branche, du tout premier échelon ! Car aujourd'hui, messieurs, vous n'imaginez sans doute pas ce qu'est mon compte en banque ! Je ne voudrais pas avoir l'air de me vanter, oh ! que non ! mais permettez-moi de vous demander s'il en est un parmi vous qui possède une Studebaker...

— Tâchez donc d'être un peu prudent ! » lui souffla son défenseur alarmé.

Curieux, le procureur voulut apprendre comment il y était arrivé. L'avocat, une fois de plus, le supplia de se méfier et de ne pas parler autant. Qu'il fasse donc attention à ce qu'il disait.

« Je suis l'agent unique et exclusif d'Héphaïtos pour le continent, proclama Traps avec emphase. L'Espagne seule et les Balkans exceptés. »

Ayant dit, il enveloppa la tablée d'un regard de triomphe.

Le petit juge intervint, riant sous cape, pour exposer qu'il connaissait comme Héphaïstos un certain dieu grec, habile forgeron d'art, qui avait enfermé la déesse de l'amour et le dieu de la guerre, Arès, surpris dans leurs jeux galants, en un filet si fin forgé qu'il en était presque invisible.

(Tout en parlant, le petit juge se resservait copieusement de champignons.) « Et nous savons que les autres dieux se réjouirent tant et plus de cette capture, ajouta-t-il. Mais j'avoue que l'Héphaïstos qui a notre honorable M. Traps comme agent exclusif en Europe, reste pour moi le plus voilé des mystères ! »

Traps éclata de rire.

« Vous brûlez pourtant, mon cher hôte et très honorable juge ! s'exclama-t-il. C'est vous-même qui avez parlé d'un voile qui couvre le mystère. Et ce dieu grec, qui m'était personnellement inconnu, n'avez-vous pas dit qu'il avait fabriqué un filet si ténu qu'il en était presque invisible ? Or, si nous avons de nos jours le Nylon, le Perlon, le Myrlon et autres tissus artificiels, dont ces messieurs de la cour ont certainement entendu parler, il existe encore un tissu nommé l'Héphaïstos, qui n'est autre que le roi des tissus artificiels : indéchirable quoique transparent, et cependant souverain contre les rhumatismes, trouvant son emploi aussi bien dans le domaine de l'industrie que dans celui de la mode, en temps de paix comme en temps de guerre. Il convient à la perfection pour la fabrication des parachutes, et se prête comme un rêve à la confection des plus exquises lingeries féminines et des déshabillés les plus suggestifs, comme je le sais par expérience.

— Par expérience ! Voyez-vous cela ? Par expérience ! L'avez-vous entendu ? Fameux ! Fameux ! » s'exclamèrent les vieux messieurs en renchérissant à l'envi, cependant que Simone enlevait les assiettes et revenait, cette fois, avec une longe de veau braisée.

« Un festin ! Un vrai festin ! approuva M. l'agent général au comble de la jubilation.

— Enchanté que vous sachiez l'apprécier, et non sans raison ! prononça le procureur. Les mets les plus fins ! La quantité avec la qualité ! Un menu comme on en servait autrefois, du temps que les hommes n'avaient pas peur de manger. Que nos grâces et nos compliments aillent donc à Simone ! Grâces aussi à notre amphitryon, gourmet grandiose et fastueux en dépit de sa taille ! Grâces enfin à Pilet, notre échanson, propriétaire de l'auberge du Bœuf au village voisin, qui nous ouvre sa science et les trésors de sa cave ! Louange à tous !... Et maintenant, si nous en revenions un peu à vous, mon gaillard ?

Votre vie, bon ! nous la connaissons; — et croyez bien que nous avons pris le plus vif intérêt à ce rapide aperçu, comme aussi à vos activités, qui nous sont à présent parfaitement claires. Sauf sur un point de détail, toutefois : un petit point sans aucune importance. Nous aimerions savoir, en effet, comment vous êtes parvenu, dans votre branche, à occuper un poste aussi lucratif. Est-ce à force d'énergie et de constante application ?

— Attention ! Prenez garde ! Maintenant cela devient dangereux », glissa à l'oreille de Traps son voisin, l'avocat.

Oh ! cela n'avait pas été facile, expliqua Traps. (Le petit juge était en train de découper le rôti.) Il lui avait fallu l'emporter sur Gygax, tout d'abord, ce qui était loin d'être une mince affaire.

« Ah ! oui ? Et ce M. Gygax, qui est-ce donc ?

— Lui ? C'était mon chef direct, avant.

— Qu'il vous a fallu éliminer, c'est bien cela ?

— Avoir sa peau, oui, pour dire les choses aussi brutalement que nous les disons, nous autres. (Traps s'interrompit pour arroser sa viande d'une sauce succulente.) Messieurs, reprit-il, vous permettrez que je vous parle avec franchise : dans les affaires, on y va carrément — œil pour œil, dent pour dent ! — et celui qui voudrait s'y montrer gentilhomme, grand merci ! tout le monde lui passe sur le ventre. Voyez-vous, je gagne peut-être de l'argent gros comme moi, c'est entendu; mais aussi je travaille comme dix éléphants ! Avaler six cents kilomètres par jour dans ma Studebaker, c'est ma ration. Il se peut que ma façon de mettre le couteau sur la gorge du vieux Gygax n'ait pas été « fair-play », comme on dit; mais quoi ? les affaires sont les affaires, n'est-il pas vrai ? Et je n'avais vraiment pas le choix, si je voulais arriver. Voilà tout ! »

Suprêmement intéressé, le procureur quitta des yeux sa longe de veau pour lever son regard sur Traps.

« Avoir sa peau, le couteau sur la gorge, arriver, lui passer sur le ventre : ce sont là des propos plutôt inquiétants, ne trouvez-vous pas ?

— Naturellement, s'esclaffa l'agent général, il convient de les prendre au sens figuré !

— Et ce M. Gygax, comment va-t-il ?

— Il est décédé l'an passé. »

Affolé, l'avocat se pencha vers Traps :

« Vous êtes fou, ma parole ! Vous êtes complètement fou ! » lui souffla-t-il.

« L'année dernière ! Le pauvre homme !... Mais quel âge avait-il donc ? s'inquiéta le procureur.

— Cinquante-deux ans.

— Fauché en pleine fleur, autrement dit. Et de quoi est-il mort, ce pauvre M. Gygax ?

— Un mal quelconque l'a emporté, dit Traps.

— Après que vous eûtes occupé son poste ?

— Juste avant.

— Fort bien, merci. Que pourrais-je demander de plus pour le moment ? scanda le procureur. Une chance ! Une véritable chance ! Dénicher un mort, au fond, n'est-ce pas l'essentiel ? »

Tous éclatèrent de rire; et Pilet lui-même, qui jusque-là avait mangé avec une sorte d'attention religieuse et pédante, engloutissant des quantités énormes sans se laisser distraire, oui, Pilet lui-même quitta son assiette des yeux.

« Parfait ! » approuva-t-il, en essuyant d'un geste complaisant ses noires moustaches. Puis il retomba dans son mutisme et se remit avec application à dévorer.

Le procureur leva son verre d'un geste solennel.

« Messieurs ! lança-t-il avec emphase, c'est sur cette découverte que nous allons tâter le Pichon-Longueville 1933 ! Au grand jeu, les grands crus de Bordeaux ! »

Verres emplis, contemplés, humés, ils burent.

« Tonnerre de tonnerre ! explosa l'agent général après avoir vidé son verre pour le tendre aussitôt au juge, quel bouquet, messieurs ! Ce Pichon est purement et simplement formidable ! »

Le jour et son long crépuscule étaient près de mourir; c'était à peine si les visages, maintenant, se distinguaient dans la pénombre; et dans le ciel du soir, déjà, se laissaient deviner les premières étoiles. La gouvernante vint allumer, sur la table, trois chandeliers massifs qui semblèrent l'épanouir, rejetant sur les murs, en ombres fabuleuses, comme le calice merveilleux d'une fleur fantastique. Et la magie de la lumière répandit dans une tiède intimité comme un parfum de sympathie universelle, une aimable détente, un abandon délicieux, fraternel, insoucieux des convenances et des usages.

« On croirait vivre un conte ! » laissa échapper Traps, émerveillé.

Mais l'avocat de la défense, qui épongeait de sa serviette un front où perlait la sueur, ne put s'empêcher de lui répondre : « Si quelqu'un vit un conte, ici, vous êtes le seul, mon très cher ! Jamais de ma vie, il ne m'est arrivé de voir un accusé se livrer, en toute sérénité, à des déclarations d'une telle imprudence. Jamais !

— Ne vous mettez donc pas dans de pareils états, cher ami ! lui répondit Traps en riant. Dès que nous en serons à l'interrogatoire, soyez sans crainte, je saurai ne pas perdre la tête. »

Un silence de mort tomba sur l'assistance, comme une fois déjà. Plus un mouvement; plus un bruit.

Ce fut avec un véritable gémissement que l'avocat lança :

« Mais malheureux ! Qu'est-ce que vous voulez dire : « Dès que nous en serons à « l'interrogatoire » ?

Traps était en train de se servir de salade.

« Alors, serait-ce qu'il a déjà commencé ? » fit-il sans lever les yeux.

A ces mots, les vieillards piquèrent du nez dans leur assiette, se jetèrent des regards furtifs, échangèrent des sourires de connivence et finirent par glousser de plaisir avec des mines malicieuses et ravies. Le chauve sortit de son mutisme et de sa réserve, tout secoué d'un rire étouffé :

« Il ne s'en était pas aperçu ! Il ne s'en était pas aperçu ! »

Traps en resta interloqué, ne sachant trop que penser et se sentant vaguement inquiet de cette allégresse mutine chez les dignes vieux messieurs. Puis cette impression s'évanouit d'elle-même et il se prit à rire à son tour.

« Je vous prie de m'excuser, messieurs, dit-il gaiement. Je m'étais imaginé que le jeu se ferait avec plus de solennité, plus de formes, plus d'emphase : quelque chose qui ressemblerait plus, en somme, à une session des tribunaux. »

Ce fut le juge qui prit alors la parole.

« Cher monsieur Traps, il me faut avouer que dans votre émoi, vous avez eu une mimique absolument impayable ! Et maintenant laissez-moi vous expliquer. Je comprends que notre manière d'administrer la justice vous paraisse quelque peu étrange et par trop enjouée. Mais n'oubliez pas, mon cher, que les membres de notre tribunal sont des juristes émérites, que nous sommes tous les quatre à la retraite, et donc quittes désormais de cet appareil embarrassant et fastidieux dont s'encombrent toujours nos tribunaux officiels. Foin de ce formalisme et des procès-verbaux, des écrivasseries et des attendus ! Nous jugeons, nous, sans avoir à revenir à tout bout de champ aux précédents poussiéreux, aux vieux articles de loi ou à des paragraphes périmés du Code.

— Courageux ! commenta l'agent général qui commençait à se sentir la langue un peu lourde. Courageux, oui, et je peux dire que cela m'en impose, messieurs ! Sans paragraphes ! Voilà une initiative hardie ! »

Non sans peine, M. l'avocat de la défense se leva de son siège. Il allait prendre un peu l'air avant de s'attaquer au chapon, annonça-t-il. Une petite promenade, le temps de fumer une cigarette. C'était le bon moment. Et pourquoi M. Traps ne l'accompagnerait-il pas ?

Ensemble, ils traversèrent la véranda et entrèrent dans la nuit maintenant close, une nuit chaude et majestueuse. Les fenêtres de la salle à manger laissaient filtrer de longs rubans de lumière dorée qui couraient sur la pelouse et jusque sur les buissons de roses. Un ciel sans lune, étincelant, déployait sa coupole sur la masse sombre des arbres sous lesquels zigzaguaient les allées, dont le gravier se laissait à peine deviner, conduisant confusément les pas des deux promeneurs, bras dessus, bras dessous, qui s'efforçaient bravement de marcher droit, en dépit des hésitations et des embardées que leurs têtes, lourdes de vin, refusaient de reconnaître. Ils avaient allumé des cigarettes, tabac français, qui piquaient leurs points rouges dans l'obscurité.

A pleins poumons, Traps respirait l'air de la nuit.

« Ça, c'est une soirée ! s'exclama-t-il avec enthousiasme, en désignant le rectangle lumineux des fenêtres sur lequel se découpa un instant la lourde silhouette de la gouvernante. Je crois bien ne m'être jamais amusé autant ! Quel plaisir !

— Mon cher ami, intervint l'avocat en s'appuyant pesamment sur le bras de Traps pour étayer un équilibre compromis, souffrez que je vous dise quelques mots, quelques mots bien sentis que vous feriez bien de prendre au sérieux, avant que nous retournions attaquer le chapon. Vous m'êtes très sympathique, jeune homme, et je me sens de l'affection pour vous. Je vais donc vous parler comme un père : je vous vois mal parti, mon cher, très mal parti. Nous sommes bel et bien en train de manquer notre affaire et de perdre sur toute la ligne !

— Ce n'est vraiment pas de chance », laissa tomber l'agent général en s'appliquant à guider leur marche quelque peu incertaine sans quitter le gravier de l'allée qui contournait la sombre masse d'un bosquet. Ils arrivèrent devant un étang, devinèrent qu'il y avait là un banc de pierre, sur lequel ils se laissèrent tomber. L'eau toute proche, où miroitaient les astres, leur apportait un souffle de fraîcheur. Au village, la fête du groupement des petits éleveurs battait son plein : on entendait d'ici le chant des chœurs et de l'accordéon, puis ce fut le souffle puissant et solennel du cor des Alpes.

Le défenseur finit par revenir à son admonestation :

« Vous devriez vous reprendre, dit-il. Il faut que vous vous teniez sur vos gardes ! L'adversaire a fait plus que marquer des points : il a enlevé de puissants bastions à la défense. Ce mort, ce Gygax, que vos bavardages inconsidérés ont fait apparaître très inopportunément, devient une menace plus que grave, et l'affaire a pris très mauvaise tournure. En vérité, un défenseur quelconque y renoncerait et rendrait les armes; mais voyez-vous, à force d'acharnement à ne laisser échapper aucune chance de mon côté, et surtout en comptant sur la plus extrême prudence de votre part et sur une parfaite discipline, je puis encore éviter le pire. »

Un rire secoua Traps. Comme jeu de société, il ne pensait pas qu'on pût inventer quelque chose de plus drôle. Il devait absolument le faire connaître aux compagnons du Pays de Cocagne.

« N'est-ce pas ? fit l'avocat d'un ton ravi. C'est la vie même ! Voyez-vous, mon cher ami, lorsque j'ai pris ma retraite et que je me suis retrouvé dans ce petit coin perdu sans nulle occupation pour y finir mes jours, je me suis mis à dépérir. Qu'est-ce que ce coin a pour lui, en effet ? Rien du tout, sinon qu'on n'y sent pas le foehn. Or, que vaut un bon climat, je vous le demande ? Moins que rien, si l'esprit n'y trouve pas son compte. Le procureur s'y mourait, déjà aux portes de l'agonie; notre amphitryon était atteint, pensait-on, d'un cancer de l'estomac; Pilet était diabétique;

quant à moi, je devais surveiller ma tension. Voilà où l'on en était. Une vraie vie de chien ! De loin en loin, nous nous retrouvions tristement pour échanger nos souvenirs et parler nostalgiquement du temps de nos activités; et c'était notre unique joie ici-bas. Ce fut alors que le procureur eut l'idée de mettre sur pied notre jeu, pour lequel le juge offrit sa maison, tandis que j'offrais moi-même ma fortune : car vous ne sauriez imaginer, mon cher, quelle pelote peut se faire un avocat de la belle société ! La générosité du filou de haute volée pour son défenseur, quand il lui a sauvé la mise — ces messieurs de la haute finance, comme on dit — c'est proprement incroyable : de la pure prodigalité, je vous assure ! Et si vous ajoutez à cela que je suis célibataire, vous comprendrez que j'ai les moyens. Et voilà comment nous avons trouvé notre panacée : hormones, sécrétions gastriques, équilibre sanguin, tout rentra dans l'ordre et nos misères physiologiques disparurent, miraculeusement remplacées par l'appétit, la jeunesse, l'énergie, la souplesse. La vie, quoi ! D'ailleurs, vous n'avez qu'à voir... »

Et ce disant, le vieil homme se leva pour

exécuter, dans le noir, quelques exercices ou gesticulations que Traps perçut assez vaguement. Revenu sur le banc, l'avocat reprit :

« Ce jeu, nous le menons avec les invités de notre hôte comme accusés. Ce sont des gens de passage : voyageurs de commerce ou touristes. Et c'est ainsi que nous avons pu, voilà deux mois, condamner un général allemand à vingt ans de détention. Il passait par ici, en vacances avec son épouse, et c'est à mon seul talent qu'il doit d'avoir échappé à la peine capitale, je puis le dire !

— Une affaire sensationnelle, je vous l'accorde, répondit Traps. Mais n'exagéreriez-vous pas un tout petit peu en parlant de la peine de mort, mon cher docteur en droit ? Car je sais fort bien qu'elle a été abolie chez nous !

— Dans la jurisprudence officielle, c'est vrai, reconnut aussitôt le défenseur. Mais dans notre tribunal privé, nous l'avons rétablie : risquer la peine capitale donne à notre jeu un relief et un intérêt bien plus mordants. C'est précisément ce qui le caractérise.

— Et le bourreau, vous l'avez aussi, je suppose ?

— Bien sûr, approuva l'avocat non sans fierté. C'est Pilet.

— Pilet ?

— Et pourquoi pas ? »

Traps eut de la peine à avaler sa salive et s'y reprit à plusieurs fois avant de dire : « Mais je croyais qu'il était le patron de l'auberge du Bœuf, celui qui fournit les vins que nous buvons !

— Aubergiste, il l'a toujours été, expliqua l'avocat avec complaisance. Ses fonctions officielles ne l'occupaient qu'accessoirement, à titre honorifique, pourrait-on dire. C'était un des grands spécialistes et des plus appréciés dans un pays voisin; mais il y a bientôt vingt ans qu'il est à la retraite, lui aussi, quoiqu'il n'ait jamais cessé de suivre de près les progrès de son art. »

La lueur des phares d'une voiture qui passait sur la route vint iriser la fumée de leurs cigarettes et fit surgir de l'obscurité l'espace d'un instant, aux yeux de Traps, la masse énorme de l'avocat, sa redingote luisante de crasse sur laquelle s'épanouissait la face grasse, jubilante, satisfaite. Traps frissonna et sentit sur son front perler une sueur froide.

« Pilet ! s'exclama-t-il.

— Mon bon ami, mais qu'avez-vous tout à coup ? On dirait, ma parole, que vous tremblez ! lui dit son défenseur. Serait-ce que vous vous sentez mal ?

— Je ne sais pas trop, bredouilla l'agent général en cherchant son souffle. Je ne me sens pas trop bien. »

Il revoyait en pensée leur chauve commensal, cet être taciturne, maniéré, quelque peu imbécile apparemment. Imposer une pareille compagnie était un peu fort, pensait-il; mais le pauvre bougre n'en pouvait rien. Ce n'était pas de sa faute, en somme, s'il avait un métier pareil ! Cette nuit chaude du premier été, la chaleur caressante des vins qu'il avait bus, inclinaient Traps à la bienveillance : il se sentait un cœur débordant de fraternité, d'humanité, l'âme tolérante et libre de préjugés. N'était-il pas quelqu'un qui en avait vu plus que d'autres et savait tout comprendre, un homme que rien ne pouvait surprendre en ce monde ? Il travaillait dans le textile, certes, mais comme une personnalité de grande envergure, non point comme un quelconque petit bourgeois timoré, hypocrite et plein d'idées préconçues ! Oui, oui, parfaitement, leur soirée eût été infiniment moins excitante et moins drôle sans la présence d'un bourreau, il en était bien convaincu maintenant, et déjà il se faisait un plaisir de ce qu'il pourrait raconter à la prochaine soirée du « Pays de Cocagne »; il pourrait même proposer qu'on invitât le bourreau en personne, tous frais payés, bien entendu, avec une petite somme en guise d'honoraires. Voilà qui donnait du sel à son aventure, conclut-il, et ce fut avec un rire bienheureux qu'il finit par avouer :

« Je m'y suis laissé attraper et j'ai pris peur ! Mais le jeu, en effet, ne fait qu'y gagner en intérêt.

— Confidence pour confidence, répliqua l'avocat de la défense qui avait repris son bras, maintenant qu'ils s'étaient levés, marchant en titubant vers l'éclatante lumière des fenêtres de la salle à manger, confidence pour confidence : comment avez-vous supprimé Gygax ?

— Parce que c'est moi qui l'ai supprimé ?

— Mais voyons ! puisqu'il est mort.

— Mort, oui; mais je ne l'ai pas supprimé, moi ! »

L'avocat s'immobilisa.

« Mon jeune et cher ami, fit-il d'un air entendu, croyez que je comprends vos scrupules et vos hésitations : de tous les crimes possibles contre la loi, le meurtre est incontestablement le plus difficile à avouer. Le coupable se sent pris de honte et se refuse à admettre l'évidence de son forfait. Il le dissimule jusqu'à ses propres pensées, en chasse le souvenir de sa propre mémoire. C'est un passé qu'il ne veut pas connaître de lui-même : trop lourd pour qu'il puisse le supporter, trop accablant pour qu'il veuille en faire la confidence à qui que ce soit au monde. Il ne veut même pas s'en ouvrir à son défenseur, le plus paternel et le plus compréhensif des amis, ce qui est d'une stupidité insigne, mon cher Traps, reconnaissez-le : car l'avocat de la défense adore le crime; rien ne peut lui faire plus de joie que d'avoir un assassinat. Allons, un bon mouvement, mon vieux ! le vôtre, donnez-le-moi. Tel l'alpiniste devant un difficile sommet de quatre mille mètres, je ne me sens en forme que devant l'obstacle sérieux, une véritable tâche. C'est un vieux montagnard qui vous le dit. Quand il sait sur quoi il s'emploie, le cerveau se met de lui-même à fonctionner, tout ronronnant et bourdonnant dans son zèle, et c'est alors qu'il pense, médite, réfléchit, raisonne, joue et déjoue, découvre et prévoit ! Actif, que c'en est une vraie joie. Et c'est pourquoi en vous refermant dans votre méfiance vous commettez une faute grave, une erreur capitale, décisive, et, souffrez que je vous le dise, la seule qui importe. Ne vous obstinez donc pas, mon vieux, sortez-moi votre aveu ! »

L'agent général n'avait malheureusement rien à avouer, il était au regret de le dire.

Son défenseur resta perplexe, fixant un regard stupéfait sur Traps, en plein sous la lumière des fenêtres ouvertes, qui laissaient également venir jusqu'à eux le bruit des voix, des rires, auquel se mêlait le tintement des verres entrechoqués.

« Que signifie, mon garçon ? fit l'avocat avec reproche. N'allez-vous pas enfin abandonner votre attitude insoutenable et cesser de jouer de votre innocence ? Vous n'allez tout de même pas prétendre que vous n'avez pas compris maintenant ! Qu'on le veuille ou non, il faut qu'on avoue, on doit avouer, et il n'est pas possible que vous n'ayez pas commencé à le sentir, de si loin que ce soit et aussi lentement que vous vous y soyez mis ! Alors, mon bon ami, allons-y une bonne fois pour toutes, sans tergiversation ni réticence : ouvrez-moi votre cœur. Comment avez-vous supprimé Gygax ? Sur un coup de tête, non ? Auquel cas, c'est contre une accusation de meurtre qu'il va falloir nous défendre. Je vous parie que le procureur est déjà sur la piste, quoique ce ne soit là qu'une hypothèse personnelle; mais je connais mon bonhomme!

— Mon très cher défenseur, répondit Traps avec un mouvement de la tête, le vrai charme du jeu et sa magie singulière — pour autant que je puisse en juger et risquer une opinion, moi qui n'y suis qu'un novice — tient au frisson de peur qu'il provoque et au doute qu'il fait naître chez l'intéressé. Le jeu confine à la réalité, et voilà qu'on se demande tout à coup si l'on est ou si l'on n'est pas un véritable coupable, si l'on a réellement ou non supprimé le vieux Gygax. C'est ce qu'il vient de m'arriver à vous entendre : un vertige m'a pris. Je tiens donc à vous affirmer que je suis innocent de la mort de cette vieille canaille. Réellement. »

Avec ces dernières paroles, ils rentrèrent dans la salle à manger où le poulet était servi, tandis que scintillait dans les verres un Château Pavie 1921.

Plein d'émotion, Traps alla droit vers le grave et taciturne vieillard chauve et lui serra la main. L'avocat de la défense venait de lui apprendre quel était son métier autrefois, aussi tenait-il à lui dire quel plaisir c'était pour lui de savoir qu'il avait pour convive un homme de bien. Lui, Traps, était un homme sans préjugés. Pilet, en lissant ses moustaches, rougit légèrement et répondit, gêné, en patoisant horriblement, qu'il était enchanté, ravi, que le plaisir était pour lui. Il ferait de son mieux.

Après cette fraternisation émouvante, le chapon n'eut que plus de saveur : une recette secrète de Simone, comme le déclara le juge. Tous dégustèrent à qui mieux mieux, et non sans bruit, en se léchant les doigts et s'extasiant sur ce chef-d'œuvre. On était sans façons; on se sentait bien; et l'affaire prit un tour bonhomme dans cette atmosphère de franche lippée. Serviette nouée autour du cou, lèvres actives et bouche pleine, le procureur souhaita pouvoir déguster, en même temps que cette exquise volaille, un non moins excellent aveu : le très sympathique et honorable accusé avait sûrement empoisonné Gygax. Vrai ?

« Nullement, protesta Traps en riant. Je n'ai rien fait de semblable.

— Dirons-nous alors : abattu ?

— Non plus.

— Un accident de voiture discrètement préparé à l'avance ? »

Ce fut un éclat de rire général, au milieu duquel le défenseur lança une fois de plus son avertissement à mi-voix : « Prenez garde ! C'est un piège.

— Dommage, monsieur le procureur, très dommage, mais Gygax est mort d'un infarctus ! éclata Traps joyeusement. Et ce n'était même pas sa première crise, qui remontait à plusieurs années déjà. Depuis cette époque, en dépit des airs qu'il se donnait, il devait se surveiller et faire très attention car la moindre émotion pouvait lui être fatale, je le sais pertinemment.

— Tiens, tiens, et comment donc ?

— Par sa femme, monsieur le procureur.

— Sa femme ?

— Pour l'amour du Ciel, méfiez-vous ! » insista encore le défenseur, dans un souffle.

Mais le Château Pavie avait eu raison de tout, tant il était excellent. Traps en était à son quatrième verre et Simone venait de déposer précautionneusement une bouteille exprès pour lui. En levant avec enthousiasme son verre à l'adresse des vieux messieurs, il déclara qu'il allait peut-être étonner le procureur, mais il voulait dire la vérité et s'en tenir à la vérité n'ayant rien à cacher à la cour, même si le défenseur ne cessait de lui souffler de faire attention. Et pour tout dire, il avait eu un petit quelque chose avec la femme de Gygax. Eh bien, oui, quoi ! le vieux gangster voyageait beaucoup et négligeait désastreusement une charmante petite épouse, séduisante et coquette, auprès de laquelle il avait dû jouer les consolateurs, à l'occasion; d'abord sur le divan de l'entrée et parfois même, par la suite, dans le lit conjugal. Ce sont des choses qui arrivent et puis quoi ? c'est ainsi que le monde est fait !

Cette déclaration figea de surprise les vieux messieurs, qui perdirent tout sang-froid l'instant d'après et se mirent à pousser des clameurs de jubilation, dont les moindres n'étaient pas celle du chauve, généralement si réservé, qui avait jeté son œillet en l'air et glapissait : « Un aveu ! Un aveu ! »

Le défenseur, seul, ne participait pas à cette frénésie mais se frappait désespérément les tempes de ses poings. « Une telle stupidité ! » gémissait-il à pleine gorge; il fallait que son client fût devenu fou et son histoire, vraiment, ne tenait pas debout. On ne pouvait absolument pas le croire sur parole. Traps, indigné, protesta véhémentement, appuyé par le tonnerre renouvelé des applaudissements de la tablée. Puis ce fut un long débat entre l'accusation et la défense, une dispute acharnée de si et de mais, d'or et de donc, moitié comique, moitié sérieuse, à laquelle Traps ne comprit pas grand-chose, ignorant ce qu'ils disputaient quant au fond. Tout cela tournait autour du mot « dolus », et son acception juridique échappait à l'agent général. La discussion s'envenima, se compliquant de plus en plus à mesure que le ton montait, et le juge s'en mêla, s'emportant à son tour. Dans la violence des échanges, Traps ne chercha plus à deviner de quoi il pouvait s'agir, renonçant même à suivre, comme il l'avait fait depuis le début, en attrapant une bribe ici ou là; ce fut avec un réel soulagement qu'il vit réapparaître la gouvernante avec le plateau de fromages. Lâchant un soupir d'aise, il laissa tout souci au sujet du « dolus » pour opérer son choix entre le Camembert, le Brie, l'Emmenthal, le Gruyère, la Tête de Moine ou le Vacherin, le Limbourg et le

Gorgonzola, après quoi il trinqua avec le taciturne chauve, qui, lui aussi, se tenait en dehors de cette discussion ardente à laquelle il paraissait également ne rien comprendre. Mais comme il allait s'absorber tranquillement dans sa dégustation, le procureur l'interpella soudain, la crinière en bataille et le teint cramoisi, agitant une main gauche impatiente, le monocle entre ses doigts :

« Monsieur Traps, demanda-t-il d'un ton péremptoire, êtes-vous toujours en bons termes avec Mme Gygax ? »

Tous les regards convergèrent sur Traps, la bouche pleine de camembert et de pain blanc, qu'il avala posément, en prenant son temps. Il but ensuite une gorgée de Château Pavie, tandis que dans le silence général battait le tic-tac d'une pendule quelque part, et se faisait entendre, au loin, un refrain entonné par des hommes avec accompagnement d'orgue de Barbarie.

« Depuis la mort de Gygax, expliqua Traps, j'ai cessé mes visites à la petite dame. Pourquoi aurais-je voulu compromettre une honnête veuve dans sa réputation ? »

Cette simple explication éveilla, à sa grande surprise, un nouvel et inexplicable élan d'un enthousiasme fantastique, plus débordant encore que précédemment, avec les cris du procureur qui exultait : « *Dolo malo ! Dolo malo !* » citant des vers latins et grecs avec de longs passages de Schiller et de Gœthe. Le juge, pendant ce temps, avait soufflé les bougies moins une seule, à la flamme de laquelle il s'amusait à faire jouer sur le mur toutes sortes d'ombres fabuleuses : têtes de chèvres, diables ricaneurs, chauves-souris, gnomes et lutins. Pilet, de son côté, tambourinait sur la table, faisant sauter verres et assiettes, plats et couverts, avant que d'annoncer d'une voix suraiguë que cela promettait une condamnation à mort : une condamnation à mort ! L'avocat de la défense, cette fois encore, ne participa pas à la liesse générale et, pour bien marquer son indifférence, poussa le plateau de fromages devant Traps. « Qu'il se serve donc et qu'il se régale ! C'était tout ce qu'il restait à faire. »

Le calme revint quand fut présenté le Château Margaux, un vieux flacon poudreux au millésime de 1914, que le juge entreprit de déboucher avec des gestes d'une prudence circonspecte, sous les regards unanimement attentifs. Il usait d'un étrange tire-bouchon d'un autre âge, conçu pour extirper le liège sans seulement soulever la bouteille du panier où elle était couchée : opération délicate qu'il exécuta en retenant sa respiration, car il s'agissait de ne pas endommager le fameux bouchon, seul témoin de l'âge authentique de la bouteille dont l'étiquette avait été depuis longtemps rongée par le temps. Finalement le bouchon se cassa, et il fallut retirer un à un, avec mille précautions minutieuses, les derniers fragments du goulot. Sur le bouchon lui-même, on pouvait encore déchiffrer le millésime et il passa religieusement de main en main, fut reniflé, admiré, puis offert comme une relique précieuse à l'agent général, en souvenir de cette inoubliable soirée, ainsi que l'exprima le juge avec une émotion qui donnait à sa voix un accent de grande solennité. Avant que de servir à la ronde, le juge mouilla d'abord le fond de son verre, huma profondément, goûta d'un geste lent et recueilli, claqua sa langue contre le palais, puis versa. Ce fut le tour des autres de goûter, tâter et déguster avec la même lenteur concentrée, pour laisser ensuite éclater un concert de louanges extasiées et ravies à l'adresse du merveilleux échanson. Le plateau de fromages fit le tour de la table et le juge invita le procureur à prononcer son « petit » réquisitoire; mais il voulait tout d'abord qu'on renouvelât les bougies des chandeliers pour mieux marquer la solennité de la chose, appelant, avec toute la grave attention requise, un effort de lucidité et un sentiment pénétré de la dignité intérieure. Simone apporta donc les lumières et ils furent alors si graves, brusquement, que l'agent général en eut comme un frisson et céda à un sentiment de légère angoisse, tout en se félicitant par ailleurs de cette soirée extraordinaire et véritablement merveilleuse, à laquelle il n'eût voulu renoncer pour rien au monde.

L'avocat, lui, semblait plutôt mécontent.

« Fort bien, Traps ! Il ne nous reste qu'à écouter le réquisitoire, lui dit-il. Vos bavardages imprudents, vos déclarations inconsidérées et votre tactique obstinément erronée : vous allez être stupéfait de voir ce que cela a donné. Les choses étaient déjà graves et je vous ai prévenu, mais vous les avez si bien empirées qu'elles sont à présent catastrophiques. N'allez cependant pas perdre courage pour autant : je vous aiderai à vous en tirer malgré tout, pourvu que vous ne perdiez pas la tête. Vous aurez chaud, c'est moi qui vous le dis, et vous ne passerez pas au travers sans y laisser des plumes ! »

Le moment était arrivé. On s'était mouché et éclairci la gorge tout autour de la table; on avait trinqué une dernière fois; de fins sourires et de petits gloussements de plaisir avaient accompagné les premiers mots du procureur.

« Le suprême agrément de notre soirée et son couronnement, commença-t-il le verre levé, sans cependant quitter son siège, c'est que nous ayons sans doute flairé et dépisté un meurtre manigancé de façon si subtile qu'il a naturellement échappé très glorieusement à la Justice officielle. »

Interloqué, Traps céda à un brusque mouvement de colère et éclata :

« Un meurtre ? J'aurais commis un meurtre, moi ? Halte-là, messieurs ! voilà qui est aller trop loin. Déjà mon défenseur s'était mis cette histoire abracadabrante dans la tête et... »

Mais sa colère passa aussi vite qu'elle était venue, à l'idée de cette énorme plaisanterie qu'il n'avait pas su apprécier aussitôt, et il fut secoué d'un fou rire sauvage qu'il n'arrivait plus à maîtriser. Oui, bien sûr, il comprenait tout maintenant... Une farce colossale, le crime dont on voulait le persuader, une facétie désopilante !

Digne, le procureur posa un long regard sur Traps, retira son monocle, frotta le verre minutieusement, puis le relogea dans son orbite.

« L'accusé doute encore de sa faute, reprit-il. C'est humain. Quel est l'homme qui se connaît ? Quel est celui de nous qui sait quels sont ses propres crimes et qui se tient dans le secret de ses méfaits cachés ? C'est pourquoi je voudrais dès maintenant faire ressortir un premier point, avant même que se déchaînent les passions inhérentes à notre jeu : c'est que, si comme je le prétends et l'espère de tout mon cœur Traps est un assassin, nous touchons à une heure particulièrement imposante et grave. Car c'est pour nous une heureuse circonstance que la découverte d'un crime, un événement solennel qui nous exalte le cœur et qui nous met en face de nouveaux devoirs, devant des responsabilités nouvelles, avec des obligations à remplir, des décisions plus graves à prendre. Aussi permettez-moi d'en remercier avant tout notre cher et éventuel coupable, puisqu'il n'est guère possible de découvrir un assassinat sans l'assassin lui-même, afin que prévaille la justice ! Souffrez donc que je lève mon verre à la santé de notre excellent ami, de ce modeste Alfredo Traps, qu'un destin bienveillant a conduit parmi nous ! »

Ce fut une explosion de joie. Tous debout, les vieux messieurs burent à la santé de l'agent général, ému aux larmes par cet élan de sympathie, qui assura en les remerciant que c'était la meilleure et la plus magnifique soirée qu'il eût jamais connue.

Le procureur n'était lui-même pas loin des larmes quand il reprit, la voix mouillée :

« Sa meilleure soirée, affirme notre noble ami. Voilà ce que j'appelle une parole, messieurs, un mot inoubliable, une parole touchante ! Qu'il vous souvienne du temps que nous avons passé au service de l'Etat, à accomplir une tâche rébarbative. Ah ! ce n'était pas en ami que se trouvait devant nous l'accusé, c'était en ennemi ! Et celui que nous pouvons enfin aujourd'hui serrer sur notre cœur, il nous fallait alors le repousser, le rejeter... Sur mon cœur, cher ami ! »

Quittant sa place après ces mots, le procureur se jeta sur Traps pour l'embrasser tumultueusement.

« Mon cher procureur ! mon cher, mon très cher ami ! » bafouillait l'agent général au comble de l'attendrissement.

Quant au procureur, de son côté, il larmoyait :

« Mon accusé bien-aimé ! Mon très cher Traps !... Et puis on se tutoie ! Mon nom est Kurt. A ta santé, Alfredo !

— A la tienne, Kurt ! »

Embrassade, baisers, congratulations, tendresses, coudes levés ! Et sur la jeune fleur de cette amitié fraîche éclose rayonna une émotion qui touchait tous les cœurs.

« Quelle différence radicale ! constata le procureur épanoui. Au lieu de cette course, naguère, qui nous précipitait d'une cause sur l'autre, de délit en délit pour énoncer jugement sur jugement, nous avons tout loisir, aujourd'hui, d'approfondir et de controverser, d'en référer et de disputer, de parler et de répondre dans l'aimable détente d'une chaleureuse cordialité, d'une franche gaieté, qui nous permettent de laisser l'accusé gagner dans notre estime et notre affection, de jouir de la sympathie qu'il a pour nous, heureux de part et d'autre de cette double fraternisation ! Comme tout devient facile à partir de cette compréhension, et combien peu accablant le crime, combien serein le jugement ! De quelle gratitude n'avons-nous pas, messieurs, à saluer le meurtre accompli ! (« Les preuves, vieux Kurt ! les preuves d'abord ! » interrompit Traps, en pleine euphorie de nouveau.) Gratitude que j'exprime d'autant plus volontiers que nous avons affaire, messieurs, à un crime qui touche à la perfection : un superbe assassinat. Je dis superbe; et si son aimable auteur inclinait, comme il est possible, à ne voir dans ce jugement que cynisme pur, qu'il se détrompe ! Rien n'est plus loin de moi, en effet, que cette pétulance estudiantine; c'est au contraire à un double point de vue que son acte mérite son titre : philosophiquement parlant et par sa virtuosité technique. Car vous devez comprendre, cher Alfredo, mon ami, que les hommes réunis autour de cette table se sont défaits du préjugé regardant le crime avec horreur, comme quelque chose de laid en soi, et la Justice comme quelque chose de beau, au contraire (disons plutôt quelque chose d'horriblement beau !); non ! pour nous c'est la beauté, et jusque dans le crime même, qui fonde la Justice et la rend possible avant tout. Voilà donc pour l'aspect philosophique. Quant à la perfection technique de l'acte accompli, nous allons l'apprécier à sa juste valeur. Et en affirmant que nous allons l'apprécier, j'use du terme qui convient et je crois avoir trouvé le mot propre : apprécier ! Mon réquisitoire, en effet, ne saurait être l'implacable et funeste discours partout chargé de foudres, qui pourrait effaroucher, gêner, troubler notre ami, mais bien une appréciation, une estimation, une reconnaissance qui lui révélera son crime, qui l'épanouira dans sa fleur et lui en fera prendre connaissance. La conscience, en vérité, la conscience est ce marbre pur, le socle unique sur lequel on puisse fonder l'impérissable monument d'une parfaite justice ! »

Arrivé là, le procureur, épuisé, s'arrêta. En dépit de ses quatre-vingt-six ans, il avait parlé avec éloquence, d'une voix forte et pleine d'autorité, soulignant ses paroles de grands gestes. En outre, il avait beaucoup bu et mangé. Son front ruisselait, sa nuque était inondée de sueur, et le vieil homme s'épongea sans façons avec la serviette maculée qu'il avait nouée à son cou.

Traps se sentait ému, troublé, profondément remué. Mais son corps était lourd, écrasé sur la chaise après ce formidable dîner. Repus et au-delà. Mais quoi ? Il n'allait pourtant pas s'en laisser remontrer par ces étonnants vieillards, si gargantuesques qu'ils se montrassent ! Il avait affaire à forte partie, d'accord; et il avait beau se flatter d'être lui-même une solide fourchette, il devait reconnaître qu'il n'avait jamais rencontré de pareils géants pour l'appétit et pour la soif. Le train qu'ils menaient à table, leur vitalité et leur voracité avaient quelque chose de stupéfiant, d'ahurissant, de prodigieux. Et Traps, l'œil un peu vague, le cœur réchauffé par la cordialité du procureur, contemplait avec émotion cette tablée; au loin, il entendit sonner avec solennité les douze coups du clocher, puis ce fut dans la nuit l'écho des voix masculines, au village, qui chantaient : « Notre vie est semblable au voyage... »

« Comme dans un conte, s'émerveilla de nouveau l'agent général, c'est vraiment comme dans un conte ! » Puis il ajouta : « Et c'est moi qui dois avoir commis un assassinat, moi en personne; mais je me demande bien comment. »

Le juge, dans l'intervalle, avait procédé au débouchage d'une nouvelle bouteille de

Château Margaux 1914; et le procureur, après avoir repris des forces, repartit de plus belle.

« Que s'est-il donc passé, et comment ai-je pu découvrir que notre excellent ami pouvait se targuer d'un meurtre ? Non point un vulgaire assassinat, j'y insiste, mais un meurtre subtil, un chef-d'œuvre de virtuosité que ne vient pas souiller le sang, ni non plus le recours à des procédés aussi grossiers que le poison ou le revolver. »

Le procureur prit un temps et s'éclaircit la gorge, cependant que Traps, la bouche pleine de Vacherin, semblait être positivement hypnotisé.

L'expérience acquise dans la profession, reprit le procureur, lui faisait un devoir de partir de ce principe absolu que derrière chaque action peut se cacher un crime et derrière chaque individu un assassin. Cela admis, le premier indice sur lequel ils avaient pu pressentir en la personne de M. Traps l'heureux sujet auquel on pouvait imputer un crime, n'était autre que le fait, retenu et considéré avec la plus profonde gratitude, que le voyageur en textiles se déplaçait encore dans une vieille Citroën l'année d'avant, alors que maintenant c'était dans une Studebaker que M. l'agent général courait les routes du pays.

« Je sais bien que nous vivons dans une époque d'activité économique intense, et que ce premier indice, par conséquent, restait une indication plutôt vague, un simple mouvement du cœur qui semblait nous permettre de saluer un événement heureux. Je dirai mieux : la découverte éventuelle d'un crime. Que notre digne ami se fût emparé du poste de son chef immédiat, qu'il eût supplanté ce chef et que ce chef lui-même fût mort, c'étaient là des faits qui n'avaient nullement valeur de preuves : ce n'étaient guère encore que des facteurs propres à nous raffermir dans notre sentiment, à le fonder circonstanciellement, à le confirmer en substance. L'authentique soupçon, le soupçon objectif et logiquement articulé, ne commença d'apparaître que lorsque nous sûmes de quoi cette personnalité mythique était morte. Car quelle était la cause du décès ? Crise cardiaque; infarctus. Et voilà le point qui réclame une attention extrême, le point qui exige toutes les ressources de la subtilité et du flair, une approche savante, prudente, en finesse afin de surprendre la vérité, afin de reconnaître l'extraordinaire dans l'ordinaire, de discerner le certain dans l'incertain et de voir à travers le brouillard se dégager quelque chose de précis : bref, de croire en un meurtre précisément là où il paraissait absurde d'envisager un meurtre.

« Voyons un peu quels sont les faits dont nous disposons. Et d'abord, quelle image avons-nous du mort ? Le peu que nous en savons, nous le tenons de ce que notre sympathique invité nous a appris. M. Gygax était donc l'agent général des tissus synthétiques Héphaïstos, et nous aurions mauvais gré à ne pas lui laisser sans exception les aimables qualités que notre excellent Alfredo a bien voulu lui prêter. Nous dirons donc que ce caractère entier y allait carrément et exploitait sans scrupule les gens qu'il employait; habile en affaires, il y réussissait fort bien et arrivait toujours à ses fins, encore que sa conscience ne l'embarrassât guère sur le choix des moyens.

— Bravo ! jeta Traps absolument enthousiasmé. C'est bien le vivant portrait de cette vieille canaille.

— Nous pouvons aussi ajouter, reprit le procureur sur sa lancée, que notre homme aimait à jouer les gros brasseurs d'affaires devant les autres, à poser à l'homme fort, débordant d'énergie et d'astuce, au grand patron arrivé que rien ne prend de court et qui connaît toutes les ficelles. Et c'est pourquoi Gygax garda le plus complet, le plus hermétique secret sur la grave maladie de cœur dont il était atteint. Tout cela, c'est Alfredo qui nous l'a appris. Cette maladie, en effet, le blessait dans son orgueil et il la subissait, comme il nous est facile de l'imaginer, avec une espèce de fureur indignée qui refusait de l'admettre, pour ainsi dire, car il n'y voyait pas autre chose qu'une atteinte à son prestige personnel.

— Merveilleux ! Inimaginable ! approuva avec feu l'agent général. Cela tient de la sorcellerie, et ma parole ! je serais prêt à parier que Kurt a personnellement connu le défunt. »

Son défenseur, penché vers lui, le rappela à l'ordre et lui conseilla le silence.

« Il convient d'ajouter maintenant, si nous voulons parfaire le portrait de M. Gygax, déclama à nouveau le procureur, que le défunt négligeait sa femme, une délicieuse petite personne séduisante et jolie, pour revenir à l'image qui nous en a été donnée, puisque tels sont à peu près les termes dont s'est servi notre ami. Aux yeux de Gygax, ce qui comptait, ce qui importait avant tout, c'était la réussite extérieure, le succès des affaires, la façade; et nous pouvons supposer en toute vraisemblance qu'il n'a jamais douté de la fidélité de sa femme : il était bien trop convaincu lui-même du caractère exceptionnel et marquant de sa haute personnalité pour que puisse seulement l'effleurer l'idée d'un quelconque adultère ! Imaginons donc, messieurs, quel coup devait s'abattre sur lui, si jamais il venait à apprendre que son épouse le trompait avec notre Casanova du Pays de Cocagne ! »

Un éclat de rire général accueillit cette saillie et Traps, lui, se tapa sur les cuisses. Quand il réussit à reprendre son souffle, la face épanouie, il apporta sa confirmation jubilante à l'hypothèse du procureur :

« Ce le fut, en effet ! Ha, ha ! Le coup de grâce, je vous le dis, quand il l'a su !

— Mais c'est du délire, c'est de la folie pure ! » se lamenta le défenseur en levant les bras.

Le procureur, debout, inclina un visage rayonnant sur Traps, qui raclait la Tête de Moine du plat de son couteau.

« Ah ! oui ? fit-il. Et comment est-il venu à l'apprendre, ce vieux bandit ? Serait-ce sa délicieuse petite femme qui aurait tout avoué ?

— Bien trop timorée, monsieur le procureur ! Elle avait une peur épouvantable de cette vieille canaille.

— Gygax serait-il tombé en personne sur le pot-aux-roses ?

— Bah ! il était bien trop infatué de lui-même.

— Faut-il que ce soit toi, cher ami et don Juan, qui soit allé le lui dire ? »

Traps se sentit rougir jusqu'aux oreilles.

« Bien sûr que non, Kurt ! protesta-t-il. A quoi vas-tu penser ? C'est une de ses bonnes relations d'affaires qui l'a mis au courant.

— Mais pourquoi donc ?

— Pour me nuire. C'est quelqu'un qui m'en a toujours voulu.

— Drôle de monde, constata curieusement le procureur. Et comment ce digne personnage a-t-il eu connaissance de ta liaison ?

— C'est moi qui lui avais raconté l'histoire.

— Raconté ?

— Eh bien, oui, quoi !... devant un verre de vin, que ne va-t-on pas raconter !

— Je vois, admit le procureur; mais tu viens de dire toi-même que cet ami de

M. Gygax était mal disposé à ton égard. En lui faisant tes confidences, ne caressais-tu pas *d'avance* la certitude que le vieux filou apprendrait tout ? »

Le défenseur intervint aussitôt et s'interposa avec force, repoussant sa chaise et se démenant dans sa sueur, le col de sa chemise tout avachi. Il tenait à avertir Traps qu'il n'était pas obligé de répondre à cette question.

« Et pourquoi pas ? répondit Traps qui voyait les choses autrement. C'est une question parfaitement innocente : et cela m'était complètement égal que Gygax l'apprît ou non. Ce vieux gangster se comportait avec moi de façon si brutale et me montrait si peu d'égards, que je ne vois pas pourquoi j'en aurais eus pour lui, en vérité ! »

L'espace d'un instant, il y eut de nouveau comme un silence de mort dans la pièce. Et brusquement ce fut un tumulte assourdissant, un véritable ouragan de rires, une tempête de jubilation, des cris, des hurlements, des gesticulations insensées. La tête chauve vint embrasser Traps sur les deux joues, le serrer à pleins bras; le défenseur perdit son lorgnon à force de rire, clamant et hoquetant qu'avec un pareil accusé, on ne pouvait décidément pas se fâcher ! Une liesse délirante avait emporté le juge et le procureur en une folle sarabande autour de la pièce : ils tambourinaient sur les murs, ils cabriolaient sur les chaises, se congratulaient avec effusion, brisaient les bouteilles vides, ne savaient plus que faire pour exprimer l'intensité vertigineuse de leur plaisir. Grimpé sur une chaise au beau milieu de la pièce, le procureur glapissait de toute la force de ses poumons que l'accusé avait avoué, avoué, avoué, et bientôt, assis maintenant sur le haut dossier, il chanta les louanges de ce cher invité qui jouait le jeu à la perfection de la perfection !

« Le cas est clair et la dernière certitude acquise, enchaîna-t-il dans le désordre qui s'apaisait, vacillant sur sa chaise comme une vieille statue baroque battue à tous les vents. Voyez-le, notre hôte bien-aimé, notre très cher Alfredo, courant le pays au volant de sa Citroën pour le compte exclusif de son sacré patron. A peine un an de cela ! Vous me direz qu'il pouvait s'en vanter déjà, qu'il pouvait être fier d'en être arrivé là, notre ami, ce père de quatre enfants en bas âge, ce fils d'ouvrier. Soit ! Il y avait de quoi être fier, en effet. Car où en était-il durant la guerre encore ? Un simple démarcheur, un malheureux représentant qui faisait du porte-à-porte; que dis-je ? un vagabond plutôt, puisqu'il n'avait pas de patente : un vagabond colportant des étoffes en fraude, un petit camelot illicite trimbalé par le train de village en village ou courant les campagnes à pied, cheminant à travers monts et vaux, s'enfonçant dans les bois, traversant parfois des kilomètres de forêts sombres pour atteindre une ferme isolée, avec sa vieille besace sale qui lui bat les flancs, peut-être même un mauvais panier ou une valise toute cabossée et défoncée à bout de bras. Ah ! oui, on peut dire que les choses ont changé et qu'il s'est fait sa place au soleil, maintenant qu'il a sa situation dans une maison solide; il fait de la représentation; il s'est hissé au niveau des affaires; et il est membre du parti libéral, alors que son père était marxiste. Mais qui s'arrête sur la branche — si l'on veut bien me passer une image poétique — qui se repose sur la branche qu'il vient d'atteindre, tant qu'il en voit d'autres au-dessus de lui, toujours plus haut, avec des fruits plus succulents encore ? Il gagnait certes bien sa vie à lever ses commandes, passant d'un magasin de tissus à l'autre avec sa Citroën. Ce n'était pas une mauvaise machine, non; mais notre Alfredo n'en remarquait pas moins ici et là ces nouveaux modèles luxueux et rapides, qui le croisaient ou le dépassaient tels des éclairs. Les affaires marchaient bien dans le pays; le confort augmentait; pourquoi ne pas en être ? Pourquoi pas moi ?

— Exact, mon cher Kurt ! C'était exactement cela », confirma Traps rayonnant de bonheur.

Le procureur en fut heureux comme un enfant. Il se sentait dans son élément, parfaitement à l'aise, sûr de soi, comblé.

« Plus facile à vouloir qu'à faire, néanmoins ! reprit-il, toujours assis sur le haut dossier de sa chaise. Le patron n'était pas là pour lui faciliter la tâche, bien au contraire : le patron se servait de lui, l'utilisait impitoyablement, l'exploitait sans pudeur, et pour mieux le tenir, s'arrangeait pour lui faire toujours de nouvelles avances d'argent qui enchaînaient son homme à chaque fois un peu plus, l'enfonçaient plus profondément dans sa dépendance.

— C'est cela même ! explosa l'agent général. Ce vieux gangster !... Jamais vous ne croiriez, messieurs, à quel point il me tenait dans ses griffes !

— Rien d'autre à faire, donc, que d'y aller carrément, affirma le procureur.

— Et comment ! » confirma Traps.

Et le procureur, exalté par les interruptions de l'accusé, s'était dressé debout sur sa chaise et brandissait comme un étendard sa serviette maculée, découvrant sans retenue un gilet où traînaient des marques grasses et colorées du menu entier.

« Notre cher ami, clamait-il, s'est donc lancé d'abord sur le plan des affaires proprement dites, et sans excès d'élégance, il nous l'a dit lui-même, sans trop s'embarrasser des règles et du fair-play ! Il ne nous sera pas très difficile de nous représenter cela : il entre secrètement en rapports directs avec les fournisseurs de son patron; il prend langue avec eux et, prudemment, leur offre de meilleures conditions, amorce la concurrence; il voit aussi d'autres représentants, échange des renseignements confidentiels, noue des alliances et des renversements d'alliances. Mais ce n'est pas tout, car il lui vient alors l'idée d'attaquer par une autre voie. »

Traps s'étonna : « Une autre voie encore ? »

Le procureur se contenta d'approuver de la tête.

« Et cette voie, messieurs, qui passait par le canapé, dans l'antichambre, le conduisait finalement droit dans le lit conjugal de Gygax. »

Tous éclatèrent de rire, mais nul autant que Traps qui s'esclaffa :

« Ah ! oui, c'était une sale blague, un sacré mauvais tour que je jouais là au vieux gangster ! Mais aussi quel comique dans la situation, maintenant que j'y repense ! Car il faut bien dire que jusqu'à présent je ne me sentais pas très fier de ce que j'avais fait là; j'en avais plutôt honte et je n'aimais pas trop y penser. Mais qui donc se plaît à y voir clair en soi-même, qui fourre son nez volontiers dans son propre linge sale ? Seulement aujourd'hui, c'est étrange, au milieu de vous, chers amis, dans ce climat de réelle compréhension, la honte me quitte et me paraît vaine, ridicule. Quelle merveille ! je me sens compris et voilà que je commence à me comprendre moi-même, comme si j'étais en train de faire la connaissance de celui que je suis : quelqu'un que je connaissais assez mal jusqu'ici; une vague relation; l'agent général dans sa Studebaker, et quelque part une femme et des enfants.

— C'est avec une satisfaction profonde, dit chaleureusement le procureur qui débordait d'affection, c'est avec un réel plaisir que nous voyons notre ami s'ouvrir aux premières lumières. Aidons-le donc, assistons-le jusqu'à ce qu'il y voie complètement clair. Fouillons un peu ses mobiles, suivons-les à la trace comme de joyeux archéologues sur la piste, et nous ne tarderons pas à tirer des splendeurs au jour, à mettre à nu le crime caché. Il vient donc de nouer sa petite intrigue avec Mme Gygax. Mais comment cela s'est-il fait ? Nous nous devons, messieurs, d'imaginer la scène : il voit la délicieuse petite femme, disons que c'est en fin d'après-midi, un soir d'hiver, sur les six heures. (Traps : Sept heures, exactement, cher Kurt; sept heures !) La ville a déjà pris son visage nocturne sous l'éclat doré des réverbères, avec le chatoiement des vitrines illuminées et l'éclat jaune et vert des enseignes de cinéma. C'est l'heure des tentations, l'heure des intimités voluptueuses et des excitations secrètes. Enfilant les artères luisantes au volant de sa Citroën, il a gagné le quartier résidentiel qu'habite son patron. (Traps ne peut retenir un cri d'admiration : « Le quartier résidentiel, c'est le mot juste ! ») Il apporte avec lui sa serviette bourrée de commandes et d'échantillons; ils ont quelque chose à discuter, une importante décision à prendre. Mais la conduite intérieure de Gygax n'est pas rangée au bord du trottoir. Il ne la voit pas à son stationnement habituel. Néanmoins, il traverse le jardin obscur et va sonner à la porte, et c'est Mme Gygax qui vient ouvrir : son mari ne doit pas rentrer ce soir et la bonne est de sortie. Bien qu'elle ne soit pas habillée pour recevoir — elle est en robe de chambre, ou plutôt non : en léger peignoir —, elle insiste pour faire entrer le visiteur : il acceptera bien un apéritif ? Elle est aimable; il ne peut refuser. Et les voilà en tête-à-tête au salon. »

Traps en était éberlué : « Kurt, ma vieille branche, comment fais-tu pour savoir tout cela ? Tu es sorcier, ma parole !

— Affaire d'habitude, laissa tomber le procureur. Les vies se ressemblent toutes. De vraie passion, il n'y en eut pas plus du côté de Traps que du côté de la femme : l'occasion seulement, qu'il ne fallait pas laisser passer. Elle s'ennuyait; elle était seule. Elle n'avait dans l'idée que de se distraire un peu, et elle était heureuse d'avoir quelqu'un à qui parler. On était bien dans cet appartement douillet. Sous son peignoir à grandes fleurs, elle était en vêtement de nuit. Traps, tout près d'elle, plongeait son regard dans le blanc décolleté et caressait des yeux la charmante poitrine, cependant qu'elle parlait avec colère contre son mari (mais il y avait en elle plus de dépit que de colère, à ce qu'il crut deviner); et c'est alors que l'idée lui vint de faire sa conquête, à l'ami Traps, alors qu'il avait déjà partie gagnée. Et c'est encore à ce moment-là qu'il a tout appris sur Gygax : les précautions qu'il avait à prendre avec sa santé, la moindre émotion pouvant lui être fatale, et aussi l'âge réel qu'il avait, ses façons de gros rustre avec sa femme et cet orgueil féroce, qui lui interdisait de douter un seul instant de la vertu indiscutable de son épouse. Parce qu'on apprend *tout*, messieurs, d'une femme décidée à tirer vengeance de son mari. Et ce qui eût pu n'être rien de plus qu'une simple aventure sentimentale devint donc une véritable liaison, car il entrait désormais dans les intentions de Traps de flanquer à n'importe quel prix son patron par terre, de l'abattre sans hésiter sur le choix des moyens. Il s'était vu dans un éclair toucher au moment qu'il avait souhaité le plus, le moment où il aurait tout en main à la fois : fournisseurs et clients dans le domaine diurne des affaires; et dans la nuit, nue dans ses bras, la douce et tendre épouse de son patron. Il lui avait tout pris. Et il ne lui reste plus, maintenant, qu'à serrer sur son cou le nœud coulant si bien préparé, c'est-à-dire à provoquer le scandale. Intentionnellement.

« Ici encore, messieurs, il nous est facile d'évoquer la scène. Nous l'avons presque sous les yeux : c'est le soir de nouveau; la nuit propice aux confidences vient de tomber sur la journée finie. Voilà nos deux amis dans un quelconque restaurant, ou plus exactement attablés dans une de ces tavernes de la vieille ville, à l'atmosphère très vieille-Suisse, une cave à la mode d'autrefois avec son pittoresque parfaitement authentique, traditionnellement national, tout en vrai, en massif, en solide, — comme les prix d'ailleurs ! (Traps : « C'était à la taverne de l'Hôtel-de-Ville, ma vieille branche ! ») Les fenêtres sont faites de culs de bouteille; les boiseries de chêne patiné. Le patron — excusez-moi ! c'est une patronne ici — trône avec une majesté cossue, auréolée, dirait-on, par les portraits au mur des habitués défunts. Un crieur de journaux est entré dans la salle avec les éditions du soir, puis il est reparti; des membres de l'armée du Salut entrent à leur tour et entonnent un cantique : *Laissez le soleil entrer !* Il y a quelques étudiants, un professeur; et sur une table de coin, deux verres avec une bonne bouteille (on ne se refuse rien !). Voilà enfin notre personnage gros et gras, le col ouvert, la peau moite, intrigué par l'invitation de Traps et se demandant où il veut en venir. Tout aussi apoplectique que la victime dont il va être question, l'ami de Gygax écoute à deux oreilles les confidences de Traps. Maintenant, il sait; il est au courant de l'adultère; il a appris la chose de la bouche même de l'amant et il ne va rien avoir de plus pressé, comme il se doit — et comme aussi l'avait prévu notre cher Alfredo — que de courir avertir le malheureux patron de son infortune. L'amitié, le devoir, la respectabilité le lui commandent. Et quelques heures plus tard ce sera fait.

— L'hypocrite ! » lança Traps, qui avait écouté les yeux ronds, le regard brillant et comme fasciné, la description faite par le procureur, sentant monter en lui la joie de découvrir à mesure la vérité, sa vérité à lui, son orgueilleuse, son audacieuse, sa précieuse et unique vérité personnelle.

Et l'exposé reprit :

« L'heure fatale arriva donc, exactement à l'instant voulu, où Gygax fut au courant de tout. Il fut encore capable, à ce que nous pouvons penser, de regagner son domicile en voiture, la colère bouillonnant en lui, les mains tremblantes, la vue un peu brouillée, le corps baigné d'une mauvaise sueur, avec de lancinantes douleurs dans la région du cœur; des agents sifflent, s'impatientent au passage de ce maladroit. Puis c'est une déambulation pénible pour aller du garage à l'entrée de la maison, où il s'écroule. Déjà peut-être était-il parvenu dans l'entrée, où arrivait à sa rencontre la délicieuse petite femme, son épouse. Mais il n'en aura plus pour longtemps. Le médecin appelé à son chevet lui fait de la morphine et c'est la fin : un dernier sursaut, un faible râle, couvert déjà par les sanglots de l'épouse. Chez lui, au milieu des siens, Traps décroche le téléphone : il est bouleversé sous le choc, mais il jubile en secret, se félicite intérieurement des perspectives désormais grandes ouvertes. Trois mois plus tard, c'est la Studebaker. »

Un éclat de rire général accueillit cette dernière touche et Traps lui-même s'y laissa entraîner, ce bon Traps qui était allé de surprise en surprise et qui se sentait un peu interloqué, passait des doigts hésitants dans ses cheveux en adressant des signes approbateurs à l'auteur de ce magistral exposé, incapable de trouver au fond de lui-même la moindre trace d'un quelconque mécontentement. Il jouissait pardessus tout de sa parfaite satisfaction; il débordait de bonne humeur; il se sentait au suprême degré ravi d'une soirée incomparablement réussie, encore que l'imputation d'un assassinat le troublât un peu, il faut bien le dire. Mais ce sentiment avait encore quelque chose de délicieux, de capiteux, dans la mesure où il éveillait en lui tout un brassage de choses sublimes et d'étonnantes pensées sur l'idée de la justice, le sens de la culpabilité et de l'expiation, la notion du rachat. Le brusque effroi qu'il avait connu d'abord dans le jardin, puis tout à l'heure encore quand avait explosé le délire de joie de la tablée, cette sorte de panique de tout son être lui semblait à présent dénuée de raison, risible même, réjouissante. Si humain, cela ! Il avait hâte de connaître la suite...

On passa au salon pour le café : une pièce surchargée de bibelots et de vases, où l'on arriva à pas plus qu'incertains, avec l'avocat de la défense qui vacillait, lui, à grandes embardées. Les murs s'ornaient de gravures énormes : vues de cités et sujets historiques, le Serment du Grütli, la victoire des Bernois sur les Autrichiens à Laupen en 1339, le massacre des Suisses de la Garde, les Sept Justes et leur petit drapeau. Un plafond à lourdes moulures; un piano à queue dans un coin. De confortables et profonds fauteuils aux dossiers protégés par des broderies qui déroulent des versets bibliques ou des sentences morales : « Heureux celui qui marche selon les voies de la Justice », « Une conscience pure est le plus doux des oreillers ». Les croisées ouvertes donnaient sur la route, qu'on devinait plus qu'on ne la voyait dans les ténèbres, et qui surgissait comme magiquement sous le pinceau des phares de très rares voitures (car il était deux heures du matin) disparues aussitôt, laissant la nuit plus fabuleusement noire.

Traps déclara n'avoir jamais entendu rien de plus exaltant, de plus enthousiasmant que le discours que venait de prononcer l'ami Kurt. Il ne voyait personnellement rien à y reprendre pour l'essentiel, et les petites rectifications qu'il se croyait tenu de faire ne touchaient que des points de détail, oui, des faits absolument secondaires. L'ami d'affaires, par exemple, était un homme de petite taille et plutôt maigre, la peau sèche, portant col dur. Quant à Mme Gygax, ce n'était pas à proprement parler dans un peignoir qu'elle l'avait reçu, mais dans un kimono, naturellement assez généreusement ouvert pour qu'on ne pût, décemment, le laisser en si bon chemin, — s'il pouvait se permettre de risquer ce modeste trait, que lui avait dicté sa bonne humeur. Il devait préciser aussi que cette super-canaille de Gygax avait été frappée d'apoplexie (et laissez-moi vous dire qu'il ne l'avait pas volée, cette attaque !) non pas en rentrant chez lui, mais dans ses magasins de dépôt, alors que le foehn faisait rage. C'est après son transport à l'hôpital que le cœur a claqué et amen. Ce n'étaient là que des détails sans aucune importance, comme il l'avait déjà dit, et il tenait à honneur de confirmer la merveilleuse exactitude et la pénétrante véracité de son grand et intime ami le procureur dans son remarquable exposé, car vraiment, oui, il n'avait entamé son aventure avec Mme Gygax que pour mieux porter atteinte au vieux bandit. Il en était sûr maintenant : oui, oui, il se rappelait très bien, alors qu'il était dans *son* lit, auprès de *son* épouse, avoir levé les yeux sur *sa* photo, fixant ce gros visage antipathique au regard bovin derrière les lunettes d'écaille, pénétré soudain d'une joie sauvage à l'idée que ce qu'il faisait en ce moment avec autant d'ardeur que de plaisir poignarderait son patron positivement. Ce dernier coup, ce coup qui allait l'achever, il le lui avait porté de sang-froid.

Les profonds fauteuils aux dossiers sentencieux avaient accueilli toute la compagnie dans le moment que Traps parlait de la sorte; le café avait été servi, fumant dans les petites tasses où tintaient les cuillers d'argent, et les dîneurs dégustaient en même temps, dans de grosses tulipes ventrues qu'ils échauffaient dans leurs paumes, un cognac de 1893, un Roffignac.

« Je formulerai donc là-dessus mon réquisitoire et j'en aurai fini », prononça le procureur enfoncé de guingois dans un énorme fauteuil Voltaire, les jambes passées par-dessus l'accoudoir, avec son pantalon relevé qui laissait apercevoir les chaussettes dissemblables, une verte, et l'autre à petits carreaux noirs et gris. « Notre ami Alfredo n'a pas agi *dolo indirecto* et il ne s'agit point ici d'une mort occasionnelle, survenue de façon imprévue. Il est coupable *dolo malo,* et la préméditation déjà nettement établie par les faits, ressortira plus particulièrement et démonstrativement : d'une part parce qu'il a délibérément provoqué lui-même le scandale et porté volontairement à la connaissance de l'époux ses rapports intimes avec l'épouse; d'autre part parce qu'il a cessé de faire visite à cette délicieuse petite femme après la mort du gros gangster, ce qui nous permet de conclure qu'elle n'entra dans ses plans meurtriers que comme un instrument de meurtre, l'arme galante de cet assassinat, si j'ose m'exprimer ainsi. Pour avoir été perpétré de manière toute psychologique, le meurtre n'en est pas moins un meurtre, bien que, du strict point de vue légal, nous ne puissions rien retenir de plus qu'un adultère. Du moins en apparence, messieurs, et seulement en apparence, nous le savons depuis que ces premières apparences ont été dissipées comme l'illusion qu'elles étaient, et surtout après les aveux que l'accusé très-cher a bien voulu nous faire. Comme avocat général, j'aurai donc l'honneur et le plaisir, au terme de cet examen légitime, au mieux de mon estime et au plus haut de mon appréciation, oui, j'ai vraiment le grand plaisir de requérir du très-honorable juge suprême la peine de mort pour Alfredo Traps, afin que trouve sa digne récompense un crime qui a fait notre étonnement et qui appelle notre admiration et notre respect : un meurtre, messieurs, que nous pouvons à juste titre considérer comme l'un des plus extraordinaires du siècle. »

Applaudissements et rires saluèrent la péroraison, qui coïncidait avec l'entrée au salon d'une superbe pâtisserie apportée par Simone, « le couronnement de la soirée » comme elle l'affirma. L'attention de tous se tourna vers le gâteau.

Dehors, comme pour un décor, montait dans le ciel le mince croissant d'une lune tardive; un froissement léger bruissait dans les grands arbres et tout était silence, si l'on excepte le passage de plus en plus rare de quelque auto sur la route, ou le bruit irrégulier des pas de quelque noctambule éméché rentrant chez soi.

Traps se sentait bien, enfoncé dans un moelleux canapé à côté de Pilet (O ma chère maison, mon nid, mon gîte... portait le dossier) et cette présence faisait déborder son cœur, lui donnait une sensation redoublée de confort, de sécurité, d'intimité chaleureuse. Il avait passé son bras sur les épaules du taciturne compagnon, enchanté lui-même et qui laissait échapper, de temps à autre, une simple exclamation où explosait tout son ravissement : « Fameux ! » disait-il à mi-voix, en faisant siffler un F immense et plein d'emphase. L'agent général se serrait avec émotion sur lui, appuyait tendrement sa joue contre la joue de Pilet, aimait son élégance calamistrée, se fondait tout entier dans un élan de pure cordialité. Appesanti et pacifié par le vin, il goûtait comme une volupté le plaisir d'être ce qu'il était, dans cette société infiniment compréhensive, d'être vraiment soi-même et sans mensonge, sans plus rien à cacher, sans secret — à quoi bon les secrets ? — et de se savoir estimé, honoré, compris, aimé. Il se faisait de plus en plus à l'idée d'avoir commis un meurtre, l'accueillait avec une conviction et une émotion croissantes, un sentiment grandissant de fierté : toute sa vie en était changée, y trouvait un accent, un relief, un sens nouveaux et lui apparaissait soudain plus grave, plus complexe, plus héroïque aussi et plus précieuse. Un élan d'enthousiasme le soulevait, tandis qu'il se persuadait intimement avoir commis cet assassinat, l'avoir conçu, préparé et exécuté, non pas seulement pour arriver sur le plan professionnel, pour améliorer sa situation financière en quelque sorte ou pour réaliser son désir de posséder une Studebaker, mais bien pour se perfectionner soi-même — tout était là en vérité ! — pour devenir plus essentiellement un homme, pour se sentir exister profondément comme c'était le cas maintenant, à l'extrême limite de ses propres facultés, et se voir digne de l'attention, de l'admiration et de l'amour d'hommes aussi cultivés que ceux qu'il avait autour de lui (oui, même Pilet !) : ces dignes et grandioses personnages qui lui faisaient l'effet, à présent, d'être quelque chose comme ces mages souverains du plus lointain passé, qui tenaient leur puissance (à ce qu'il lui souvenait avoir lu dans le *Reader's Digest*, un jour) du fait qu'ils connaissaient le mystère des astres, certes, mais aussi le secret, mais surtout le secret des mystères plus sublimes encore de la Justice. Ah ! que ce mot était donc enivrant ! Comme il s'y complaisait, lui qui ne l'avait jamais conçu, dans les étroites limites de sa branche et de son expérience, que comme une odieuse chicane abstraite, et qui le voyait maintenant se lever comme un soleil immense et rayonnant, comme un prodige éblouissant et incompréhensible au-dessus de son petit horizon personnel : idée sublime et grandiose, difficile même à concevoir, et qui n'en était que plus impressionnante, plus souveraine, plus splendide !

Aussi quelles ne furent pas sa surprise, tout d'abord, puis son indignation toujours accrue et sa consternation même, lorsqu'il entendit, non sans déguster à petites gorgées le cognac ambré, son gros défenseur développer sa thèse et s'efforcer par tous les moyens de ramener son acte aux proportions les plus mesquines, de le limiter, de le réduire, de l'enfermer dans le plus sordide quotidien !

En tant qu'avocat, il avait beaucoup apprécié la puissance d'imagination et la richesse d'invention dont avait fait preuve M. le Procureur dans son plaidoyer, avait commencé le gros Kummer en ôtant son pince-nez de l'énorme et informe éperon violacé qui lui bourgeonnait au milieu du visage. A petits gestes précieux et précis, froids et géométriques, le défenseur poursuivit sa démonstration. Oui certes, ce gangster de Gygax était mort, et la défense ne contestait pas que son client ait pu avoir à se plaindre de lui au point de s'y enrager, de nourrir à son endroit un réel sentiment d'hostilité, de mettre tout en œuvre pour renverser cet obstacle. Soit ! Mais n'était-ce pas monnaie courante dans les affaires ? Et quoi de plus normal, pour ne pas dire de plus légitime ? Prétendre voir un meurtre dans le décès naturel d'un vieil homme cardiaque, accablé de travail et de soucis, voilà qui tenait purement et simplement du fantastique !

Traps en tombait des nues et coupa :

« Mais c'est bien moi qui l'ai tué, pourtant ! »

Négligeant cette interruption, l'avocat continuait d'affirmer qu'à l'inverse du procureur, non seulement il tenait l'accusé pour innocent de ce crime, mais comme incapable d'un crime pareil.

Et Traps, qui se sentait déjà la moutarde au nez, d'interrompre à nouveau :

« Mais je n'en suis pas moins coupable ! Coupable, entendez-vous ?

— En réalité, poursuivait imperturbablement l'avocat de la défense, la vie de M. l'agent général et représentant exclusif du tissu synthétique Héphaïstos se pose comme un exemple pour le plus grand nombre. Et quand je dis qu'on ne peut lui imputer la culpabilité de ce crime, parce qu'il en est incapable, je n'entends nullement prétendre à son innocence intégrale et immaculée. Que non pas ! L'accusé s'est rendu responsable d'une foule de délits, bien au contraire : tous les crimes dont il était capable, il les a commis; et l'adultère, au premier chef, et le recours à des procédés équivoques, malhonnêtes, franchement répréhensibles parfois, et non dénués d'une certaine malignité que nous ne nous ferons pas faute de reconnaître. Mais sa vie, messieurs, sa vie est loin de n'être faite que de cela ! Sa vie entière ne consiste pas exclusivement en malhonnêtetés équivoques et en adultères caractérisés, n'est pas tissée uniquement de fils coupables. Voyez vous-mêmes ce qu'elle offre de positif, de constructif, de vertueux ! Car notre ami Alfredo a su se montrer constant dans l'effort, infatigable même et d'un courage à toute épreuve, fidèle à ses amis, s'acharnant à conquérir pour ses enfants un avenir meilleur et manifestant, sur le plan politique et national, un sentiment convenable de ses responsabilités civiques. Sans vouloir insister sur le détail et à ne considérer que l'ensemble, il y a là un tout à retenir, messieurs, un ensemble de qualités foncières sur lequel viennent trancher ses irrégularités : une base initiale d'honnêteté, qu'il a peut-être faussée par ses incorrections, qu'il a peut-être même sérieusement endommagée par ses écarts de conscience, admettons-le. Mais n'est-ce pas le cas, n'est-ce pas justement le propre, la marque, le signe même de la médiocrité ? Et c'est pourquoi, je le répète, il reste absolument incapable d'un acte aussi caractéristiquement, aussi exclusivement, aussi décidément mauvais que ce crime insigne, ce meurtre à l'état pur, cette manière de chef-d'œuvre unique dans le Mal, dont il serait absurde de lui faire endosser la géniale responsabilité.

— Mais c'est de la diffamation, de la diffamation pure et simple ! protesta Traps comme l'avocat reprenait souffle.

— Qui voudrait voir en lui un criminel, alors que nous avons affaire à un produit de l'époque, à une véritable victime de cette civilisation occidentale, hélas ! qui va s'égarant toujours plus loin de la foi, loin du christianisme, du bien commun (mimique et voix progressivement pathétiques et sombres) incapable d'offrir, dans son désordre chaotique, la moindre lumière apte à guider ceux qui s'égarent, la malheureuse humanité abandonnée à elle-même, les pauvres individus sans soutien qui tombent inévitablement dans l'immoralité, appliquent la loi du plus fort, se battent et se débattent dans les ténèbres d'un perpétuel vertige maléfique et sauvage ?

« Mais à ce malheureux; à ce pauvre être sans secours, que lui advient-il à présent ? Lui, cet homme moyen, ce médiocre personnage, au moment qu'il s'y attend le moins, le voilà pris en main par un procureur subtilement habile, un esprit raffiné entre tous, qui vous le tourne et le retourne, creuse et démonte, analyse et explique, éclaire, réunit de façon cohérente des faits isolés, des actes instinctifs et des réactions spontanées dans le domaine de son activité professionnelle, rapproche des éléments distincts de sa vie privée, allie des sentiments supposés ou des valeurs inconscientes, dissèque chacune des circonstances et des aventures d'une malheureuse existence faite surtout de perpétuels voyages, d'une perpétuelle lutte pour le pain quotidien à peine piquetée, ici ou là, de petites satisfactions dérisoires et de plaisirs relativement sans conséquence ! Et cela, dûment réorganisé, logiquement articulé, on nous le représente, messieurs, comme un tout bien évident, cohérent, découvrant des mobiles dans des actes purement fortuits et qui eussent fort bien pu se produire d'une autre manière, transformant, par la vertu interne de cet enchaînement singulier, transformant les données du hasard en intentions délibérées, le circonstanciel en déterminant, et une simple étourderie en un acte de claire volonté, de telle sorte qu'en un tournemain, pour finir, on vous fait surgir un assassin de l'interrogatoire, exactement comme le prestidigitateur vous tire un lapin de son chapeau.

— Ce n'est pas vrai ! affirme Traps.

— Prenons le cas de Gygax et considérons-le objectivement et froidement, sans nous laisser prendre aux mystifications du procureur. A quelles conclusions aboutissons-nous ? Ce vieux gangster ne s'est que trop bien préparé lui-même sa mort par les effets directs de sa vie agitée et irrégulière sur sa constitution. Le mal dont souffrent les patrons, on le connaît et l'on sait d'où il vient : inquiétude et nervosité, surmenage, tension perpétuelle, discorde dans le ménage. Quant à l'attaque elle-même, c'est le foehn qui l'a déclenchée, comme mention en a été faite par Traps : nous savons, en effet, quel rôle fatal jouent ce vent chaud et ses tempêtes dans les maladies de cœur. Si bien que nous nous trouvons sans conteste devant un simple coup du sort, un accident normal si je puis dire.

— Ridicule ! siffle Traps.

— Naturellement, ce n'est pas moi qui viendrai prétendre que les scrupules aient beaucoup retenu mon client dans sa façon d'agir, certes non ! Mais ce que je prétends, par contre, c'est qu'en se montrant sous ce jour implacable, il n'a fait que se conformer lui-même — et d'ailleurs ne l'a-t-il pas reconnu avec insistance ? — aux mœurs féroces du milieu des affaires. Je ne dis pas qu'il n'eût pas volontiers aimé voir son patron mort à ses pieds, et à maintes reprises; je ne dis pas qu'il n'ait pas désiré en maintes occasions le tuer de ses propres mains. Mais à qui cela n'est-il pas arrivé, je vous le demande, et que ne fait-on pas en pensée ? Ce que je dis, par contre, c'est que de crime, il n'y en a pas trace en dehors de ces mondes imaginaires; que de meurtre, il n'en existe pas d'autre que dans l'univers des souhaits ! Et je défie quiconque d'apporter la moindre preuve tangible du contraire. Le supposer seulement est absurde, tout le monde l'admettra; mais l'absurdité des absurdités n'est-elle pas de voir mon client lui-même s'imaginer à présent avoir commis ce meurtre, se sentir brusquement dans la peau d'un assassin ? Il faut croire, messieurs, que les petits malheurs de ce bon M. Traps ne se sont pas bornés à la seule panne de voiture qui l'a amené parmi nous, puisque nous constatons maintenant que sa raison, elle aussi, est tombée en panne ! Je n'insisterai donc pas. Qu'il me suffise, à moi qui suis son défenseur, de demander au tribunal l'acquittement pur et simple d'Alfredo Traps. »

Un supplice. Ce fut un vrai supplice pour l'agent général que cette manière d'escamoter avec bonhomie son beau crime, de le noyer comme dans un brouillard à force de bienveillance et de l'y perdre de vue, d'en faire une ombre vague, un fantôme, un néant, pour le réduire à n'être plus qu'un incident météorologique, une affaire de pression barométrique ! C'était indigne. Il se sentait lésé. Et ce fut à peine s'il put attendre les derniers mots de cette plaidoirie pour se lever et protester.

Debout, son assiette avec un nouveau morceau de gâteau dans la main droite, son verre de Roffignac dans la gauche, il déclara avec impatience qu'il tenait à réaffirmer, avant la sentence, (« et cela avec la dernière insistance ! » précisa-t-il les larmes aux yeux) combien il se trouvait d'accord avec ce qu'avait dit le procureur. Oui, il était un meurtrier, un authentique assassin, et c'était bien d'un meurtre qualifié qu'il s'agissait, la chose lui était devenue claire à présent. Il s'en rendait parfaitement compte, oui. Car ce que venait de dire son défenseur l'avait laissé tout pantois, terriblement déçu, oui, et par celui justement de qui il était le plus en droit d'attendre intelligence et compréhension ! Et s'il demandait maintenant au tribunal d'être non pas seulement jugé, mais condamné comme tel, il n'y avait là nulle bassesse de sa part, mais un haut enthousiasme, au contraire, parce qu'il avait compris pour la première fois ce soir ce que c'était qu'une existence *véritable*, ce que c'était que de vivre *vraiment* sa vie (le brave Traps s'embrouillait quelque peu à ce niveau) à laquelle les notions sublimes de la Justice, de la Faute et de l'Expiation, sont aussi indispensables que le sont les corps et les réactions chimiques pour la fabrication d'un tissu artificiel comme celui qu'il vendait, — si l'on voulait rester dans sa partie : une révélation pour lui, en tout cas, qui venait de le faire naître à nouveau. Qu'on l'excuse, mais son éloquence était plus que réduite en dehors de sa profession, comme on pouvait le voir, et il arrivait à peine à exprimer ce qu'il voulait dire; néanmoins, cette idée de naissance nouvelle lui paraissait convenable et juste pour exprimer l'ouragan de bonheur dont il avait été saisi, pénétré, bouleversé de fond en comble.

Bon. Il ne restait donc plus qu'à prononcer le jugement, ainsi que s'efforça de le déclarer le petit juge, du fond de son ivresse, salué aussitôt par une tempête de cris et de rires, d'exclamations et de chansons (le taciturne Pilet s'essaya même à lancer une tyrolienne). Cela n'alla pas sans mal, car non seulement, pour ce faire, le petit juge s'était hissé sur le piano, ou plus exactement dans le piano qu'il avait préalablement ouvert, mais sa langue, fort embarrassée, se trouvait prise ici et là dans mille pièges. Il achoppait sur les mots, prenait les uns pour les autres malgré lui, les télescopait, tronquait ceux-ci, mutilait ceux-là; les phrases qu'il avait commencées lui échappaient à mesure, et pour les besoins de la cause, il les reliait à d'autres, dont il avait complètement oublié le sens. Et pourtant, en gros, on pouvait cependant suivre le fil de sa pensée.

Il avait pris comme point de départ la question de savoir qui des deux, du procureur ou du défenseur, avait raison : Traps était-il un criminel exceptionnel, l'auteur d'un des meurtres les plus extraordinaires du siècle, ou bien était-il innocent ? Ni l'un, ni l'autre, à vrai dire, car pas plus qu'il n'avait pu se laisser entraîner par les conclusions de l'accusation, il n'avait été convaincu par celles de la défense. Traps, à coup sûr, avait été débordé par l'interrogatoire : il n'était pas de taille, comme l'avait constaté l'avocat; et le procureur avait réussi à arracher à l'accusé l'aveu et la confirmation de bien des choses qui ne s'étaient, en fait, jamais présentées sous ce jour et n'avaient jamais eu, dans la réalité, le sens qu'il leur donnait. Mais il n'en avait pas moins assassiné. Avec la préméditation diabolique qu'on lui avait supposée ? Non, non, certainement pas ! Mais par le simple fait que son éthique personnelle ne se distinguait en aucune manière de la terrible inconséquence, de l'immoralité du monde au sein duquel il vivait, en tant qu'agent général des textiles synthétiques Héphaïstos, tout simplement. Il avait tué parce qu'il trouvait naturel d'acculer son semblable sans égards ni pitié, de se pousser en avant sans la moindre retenue, d'écraser le prochain autant que faire se peut, bref, de suivre en tout et pour tout cette ligne de conduite implacable et brutale, advienne que pourra ! Or dans ce monde qui lui est propre, ce monde qu'il ne cesse de parcourir dans sa Studebaker, à toute vitesse, il ne serait absolument rien arrivé à notre cher Alfredo, il ne pouvait absolument rien lui arriver, la chose est sûre, s'il ne nous avait pas fait la grâce, s'il n'avait pas eu l'amabilité d'accepter notre invitation, s'il n'avait pas daigné venir nous rejoindre dans notre villa blanche et tranquille... (L'émotion et les larmes du petit juge noyèrent alors le reste de son discours dans un pathos nébuleux, ponctué seulement de temps à autre d'un solide éternuement qui enfouissait sa tête menue dans le déploiement d'un énorme mouchoir, sous les rires toujours accrus de l'assemblée.) ...S'il n'avait pas consenti à partager la compagnie de quatre vieux bonshommes, oui, oui, quatre vieillards qui avaient fait éclater soudain, projeté sur son monde, la lumière révélatrice, le faisceau éblouissant de la pure Justice... Une Justice qui revêtait peut-être un étrange aspect, qui avait curieuse apparence, il le savait, il ne l'ignorait pas, bien sûr, il le reconnaissait, distribuée qu'elle était entre quatre visages ravagés par le temps et par l'âge, jouant sur les reflets jetés par le monocle d'un procureur chenu et le lorgnon d'un défenseur gros et ventru, passant par la bouche édentée d'un vieux juge aux trois quarts ivre et qui commençait à s'embrouiller pas mal, hi ! hi ! rougeoyant pour finir sur la luisante calvitie d'un bourreau émérite (cri général des autres, impatientés par ce lyrisme : la sentence ! la sentence ! le jugement !) ... Une Justice grotesque, fantasque, à la retraite (Ju-ge-ment ! Ju-ge-ment ! scande l'auditoire) mais qui n'en est pas moins la Justice, au nom de laquelle le très-cher Alfredo est condamné, à présent, à la peine de mort...

(Acclamations, hourras et bravos lancés par le procureur, l'avocat, le bourreau et Simone, cependant que Traps, pantelant d'émotion, sanglotait un : « Merci, cher juge, oh ! merci ! »)

« ... Condamnation fondée, juridiquement parlant, uniquement sur le fait que l'accusé s'est lui-même reconnu coupable; ce qui est, en définitive, la chose capitale. Je me réjouirai, quant à moi, d'avoir prononcé une sentence si pleinement admise et reconnue sans nulle restriction par l'accusé; demander grâce est incompatible avec la dignité humaine, et c'est aussi pourquoi notre excellent ami et commensal prendra plaisir à recevoir la couronne de son crime, le couronnement de son acte, dans des circonstances dont le déroulement, j'ose l'espérer, lui aura procuré autant d'agrément et de satisfaction que le crime lui-même. Car le petit bourgeois, l'homme moyen limité aux seules apparences n'aurait rien su voir d'autre, ici, qu'un quelconque accident, un simple fait du hasard, ou tout au plus une fatalité naturelle, un incident médical, l'engorgement d'un vaisseau sanguin par un caillot, une malencontreuse tumeur maligne, une embolie; mais à le faire ressortir sur le plan moral, dans l'enchaînement profond des effets et des conséquences, on redonne à la vie son sens plein, sa valeur de chef-d'œuvre, son mystère; on pénètre dans la tragédie où tout le tragique humain se fait jour, se dégage des ombres, monte en pleine lumière, prend forme, prend son sens pur, se dessine, se parfait, s'accomplit sous nos yeux... (Conclusion ! conclusion ! réclame l'auditoire.) Oui, c'est alors, et c'est là seulement, lorsque l'épée de la Justice frappe comme pour l'accolée qui fait le chevalier, par le verdict qui fait un condamné du coupable, oui, c'est avec la sentence seulement que le geste de la Justice prend sa signification véritable. Et quoi de plus haut, de plus noble, de plus grandiose que la condamnation d'un homme à mort ? Nous avons vécu cette veillée d'armes; nous venons d'accomplir le geste sacramentel; et voilà Traps, cet heureux gaillard — dont la chance n'est peut-être pas aussi parfaite qu'on eût pu le lui souhaiter, puisque sa condamnation à mort reste à tout prendre affaire de principe (mais je veux l'oublier ici, car il m'en coûterait de décevoir à présent notre ami très cher) — voilà donc cet heureux élu, notre Alfredo, devenu maintenant notre égal et notre pair, digne désormais de figurer parmi nous comme un champion, comme un maître... »

Mais les autres ont couvert sa voix pour réclamer le champagne maintenant : le champagne ! le champagne ! Et le petit juge a fini par se taire.

La soirée entrait dans son apothéose. Le champagne pétillait dans les coupes, et la liesse de l'assistance ne connut plus de bornes, vacillant dans une ivresse de fraternité, de cordialité, serrant l'assistance entière dans les nœuds d'une sympathie chaleureuse qui ne faisait exception de personne. Le défenseur lui-même était redevenu un frère entre les frères. Les bougies avaient brûlé presque jusqu'au bout, certaines même s'étaient déjà éteintes. Dehors montait comme un premier pressentiment de l'aube avec une brise plus fraîche, de la rosée; les étoiles pâlissaient au ciel et là-bas, tout là-bas, on croyait deviner le prochain lever du soleil.

A bout d'enthousiasme et de forces, exalté et assommé tout à la fois, Traps demanda à regagner sa chambre et entreprit de laborieux adieux, roulant de bras en bras et vacillant d'une poitrine sur l'autre. Le salon bourdonnait d'une ivresse verbeuse, hoquetante, où chacun continuait à tenir ses discours confus d'ivrogne, incapable désormais d'écouter ce que disaient les autres. Des gesticulations grandiloquentes; des haleines lourdes de vin et de fromage. Ils traitèrent l'agent général avec d'innombrables démonstrations affectueuses, comme un enfant entouré d'oncles et de grands-pères, s'attendrissant sur son bonheur et sa fatigue, lui tapotant les joues, lui ébouriffant les cheveux, l'embrassant, lui faisant mille caresses. Le taciturne vieillard à tête chauve tint à l'accompagner jusqu'au premier.

Les voilà donc partis, l'un soutenant l'autre, à se hisser péniblement dans l'escalier, bientôt à quatre pattes et peu après complètement affalés sur les marches, à mi-hauteur, incapables de pousser plus loin. Sur le palier, par la fenêtre, entrait la lueur minérale du crépuscule matinal qui semblait se confondre, indistincte, avec le blanc des murs crépis; les premiers bruits du jour, au dehors, l'aigre sifflet d'une locomotive, le heurt des wagons en manœuvre dans la petite gare, remuèrent vaguement en Traps le souvenir du train qu'il avait failli prendre pour rentrer chez lui. Un rare bonheur était en lui, tous désirs comblés, un sentiment de plénitude que sa petite vie bourgeoise avait toujours ignoré jusque-là. De vagues images passaient en lui : le visage imprécis d'un enfant, son fils cadet sans doute, celui qu'il préférait, puis, de plus en plus confusément, des aspects de ce petit village où l'avait arrêté sa panne, le ruban clair de la route escaladant la côte, l'église au sommet de la butte, le vieux chêne colossal avec ses anneaux de fer et ses étais, la pente boisée des coteaux et au-dessus, derrière, partout, le ciel immense avec sa lumière, l'infini. Et voilà que le chauve s'abandonnait tout à fait en bredouillant vaguement « sommeil... fatigué... dormir... peux plus... » et glissait aussitôt dans un pesant sommeil, là, sur les marches, n'entendant que très vaguement Traps reprendre jusqu'à l'étage son ascension, puis, plus tard, renverser une chaise. Ce bruit l'avait à moitié tiré de ses rêves tourmentés, mais sans effacer complètement la terreur et l'angoisse de quelque horrible cauchemar. Il y eut ensuite comme un piétinement fantastique autour de lui : il dormait à nouveau, et c'étaient les autres qui montaient l'escalier à leur tour.

Réunis autour de la table, en bas, ils avaient rédigé sur parchemin, avec force gloussements et bruits divers, l'acte du jugement qui prononçait, en des termes exceptionnellement choisis, une superbe condamnation à mort; et ils s'étaient énormément amusés à user on ne pouvait plus spirituellement du style et des tournures juridiques, des archaïsmes et du latin. Ce document établi, ils allaient maintenant le porter à l'agent général. Ils le déposeraient sur le lit du dormeur, qui aurait ainsi à son réveil ce joyeux souvenir de leur formidable beuverie.

Dehors, il faisait jour à présent, et les oiseaux avaient commencé à s'ébattre en piaillant avec impatience. L'un suivant l'autre, cramponnés l'un à l'autre dans leur ivresse, ils s'étaient donc engagés dans l'escalier, s'étaient hissés tant bien que mal, et non sans piétiner au passage leur compagnon chauve qui resta enfoncé dans son inconscience, s'étaient poussés plus haut, hésitant, vacillant, luttant héroïquement pour vaincre les difficultés presque insurmontables du tournant de l'escalier, pour parvenir, l'un après l'autre, sur le palier, et chavirer enfin le long du couloir jusque devant la porte de la chambre d'ami. Mais quand le juge eut ouvert, les trois ivrognes solennels restèrent figés sur place : dans l'embrasure de la fenêtre, noire silhouette qui se détachait sur le jeune argent du ciel et qui baignait dans le parfum des roses, Traps s'était pendu. L'absolu de la chose était si évident que le procureur, avec sa serviette nouée autour du cou et les feux du matin qui scintillaient dans son monocle, en eut le souffle coupé et dut reprendre péniblement sa respiration avant de pouvoir s'exclamer, douloureusement, tout désarmé et tout chagrin d'avoir perdu son ami :

« Alfredo, mon bon Alfredo ! Mais à quoi as-tu donc pensé, pour l'amour du Ciel ? C'est notre plus magnifique soirée que tu nous as fichue au diable ! »

IMPRIMÉ EN FRANCE PAR BRODARD ET TAUPIN
Usine de La Flèche (Sarthe).
LIBRAIRIE GÉNÉRALE FRANÇAISE - 6, rue Pierre-Sarrazin - 75006 Paris.
ISBN : 2 - 253 - 03979 - 9

42/3075/1